LOCUS

LOCUS

LOCUS

LOCUS

catch

catch your eyes；catch your heart；catch your mind……

國家圖書館出版品預行編目資料

18歲的成年禮/ 蔡慧蓉著；
-- 初版. -- 臺北市：
大塊文化.2009.06
面； 公分. -- (catch ; 152)
ISBN 978-986-213-123-7(平裝)

855 98008631

catch 152

18歲的成年禮

作者：蔡慧蓉

責任編輯：繆沛倫 美術編輯：蔡怡欣、林家琪

法律顧問：全理法律事務所董安丹律師

出版者：大塊文化出版股份有限公司

台北市105南京東路四段25號11樓

www.locuspublishing.com

讀者服務專線：0800-006689

TEL：(02) 87123898 FAX：(02) 87123897

郵撥帳號：18955675 戶名：大塊文化出版股份有限公司

總經銷：大和書報圖書股份有限公司

地址：台北縣五股工業區五工五路2號

TEL：(02) 89902588 (代表號) FAX：(02) 22901658

製版：瑞豐實業股份有限公司

初版一刷：2009年6月

定價：新台幣250元

Printed in Taiwan

18歲的成年禮

窮學生的環島豐富之旅

蔡慧蓉 著

自序

我想把這一路上我感受到的、看到的都透過書寫分享給大家。

新聞報得沸沸揚揚，多多少少難免有些地方誇大，七月二十六日蘋果日報才翻兩頁就看到好大一個版面是我的新聞，我不知道該多做什麼補充或解釋，畢竟，我是當事者，從我筆下寫出來，你們所看到的，才是一字不漏的眞相。

在網路上的討論與留言，大部分都是考慮安全問題，但是既然我已經平安回來了，只希望大家的焦點是放在我的出發點、用意與得到的收穫上。

我知道並且明白自己在做什麼，這才是最重要的事情，因爲這是我所選擇的。

也有人擔心以後會不會有人模仿我的行爲也搭便車環島，但是我只想說：「如果你想去嘗試任何事，要記得對自己有信心並對自己負責，還有坦誠的接受之後會發生的事，並且抱持樂觀正面的態度去應對每一件你遇見的事，要懂得知足與感恩，你就會發現，每一個時候的你都是快樂的。」

有時候我在想，好比說大家一起去登山，卻有一個人不幸發生意外，那是要一起默哀那位人士，還是從此禁止遊客再登山？有些事情即使危險，但還是會有人去做，就是因爲得到的會比失去的多。

我希望表達的不是我就這樣蹦蹦蹦的跑去旅遊有多偉大，而是想請大家重新看看自己，是不是已經放掉很多機會去實現夢想。

夢想不一定是要搭便車環島，還有很多事情可以做，人生只有一次，年輕也只有一次，如果不把握當下，那要等到什麼時候才來做？

有計畫有想法就應該去執行，而不是只放在腦子裡或打打嘴砲，你的人生是你自己的，沒有人可以剝奪甚至控制你的未來。

我想，這就是這次旅行對我的意義。

Day 3

Day 4

08

Day 5

LY

July 08"

日	一	二	三	四	五	六
		1	2	3	4	5
6	7	8	9	10	11	12
				17	18	19

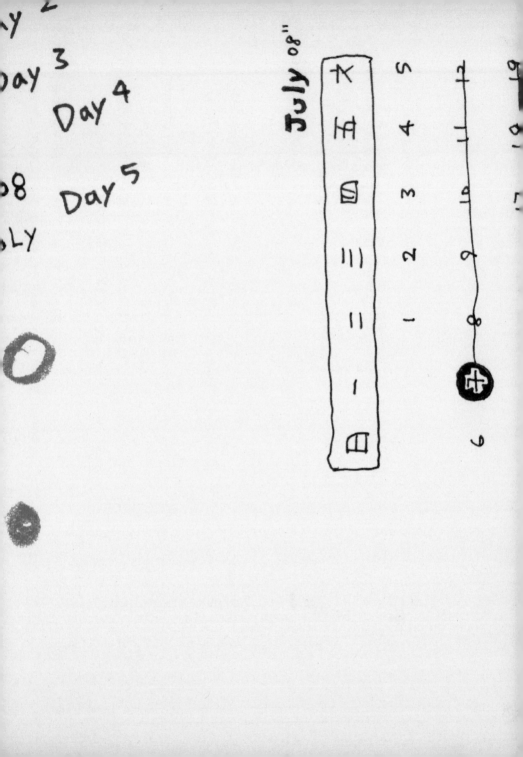

目錄

序 04

出發之前 09

Day 1 淡水→富貴角→石門→福隆→三貂角→羅東 12

Day 2 南澳→太魯閣國家公園→花蓮市 22

關於年輕 29

Day 3 花蓮市→東華大學→玉里 32

Day 4 整天都在台東大學 42

Day 5 台東大學→卑南文化公園→南迴公路→屏東市→恆春→49

打工過生活 59

Day 6 恆春→滿州→佳樂水→鵝鑾鼻→九如 62

Day 7 九如→屏東市 73

中場休息——戰鬥營 79

Day 8 屏東市→高雄市 82

Day 9 高雄市→楠梓→台南→南投 94

Day 10 南投→日月潭→車埕→集集→彰化→台中 101

我的生存法則 114

Day 11 台中→沙鹿→高美溼地→大甲→南苗 117

Day 12 南苗→飛牛牧場→新竹→大溪→新莊 132

緣份遇見的人 146

Day 13 新莊→鶯歌→三峽→木柵→淡水 148

相對論 159

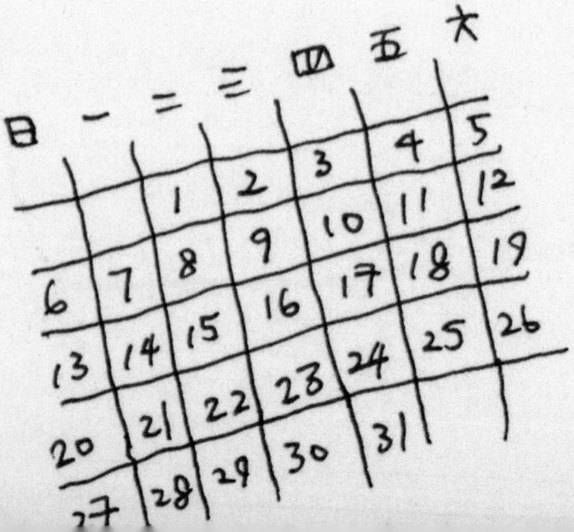
日 一 二 三 四 五 大
1 2 3 4 5
6 7 8 9 10 11 12
13 14 15 16 17 18 19
20 21 22 23 24 25 26
27 28 29 30 31

出發之前

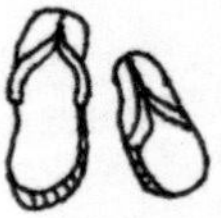

哎呀哎呀！其實出發前一晚對這趟旅行還是很緊張，總覺得要放棄還來得及，可是又覺得我要趁現在還年輕且有空的時候去嘗試一些我人生中計畫的事。朋友們都不太願意送我上路，很怕萬一我發生什麼事，他們會一輩子良心不安，雖然一開始多多少少還是會有最糟的打算，就像每個人所講的：萬一？萬一？萬一？萬一？萬一？

大家總是在擔心那萬分之一，卻放棄了其他萬分之九千九百九十九的好，「最怕就是剛好遇到那萬分之一！遇到你這輩子就都毀了！」這是最常聽到的一句話，也是找藉口最好用的一句話。如果在一場壓大小的骰子戰中，你只有那萬分之一會輸，但你卻有更大更多的機會贏得獎金，你賭不賭？

或許這次我的賭注大了點，我用上了我的人生我的青春，但是其實，壞人並沒有那麼的多——應該換個說法，每個人都有好人與壞人特質在身上，通常好都會大過於壞，只是台灣人普遍接受了用悲觀的想法爲出發點。而且跟國外比起來，台灣眞的算很安全了！只是觀念還是過於保守，對於背包客自助旅行這種事不能接受，對於女生自助旅行不能接受，對於一個快成年的孩子自助旅行更不能接受。但是，這趟旅行下來，是用幾百萬、幾千億、幾兆，都買不到的經歷與感受，如果等我老了，有人問起我：「這輩子最驕傲的事是什麼？」我想我會大聲的回答：「我實踐了每一件我想做的事！」

如果我們連自己的國家、自己的同胞都不願意信任，那該相信些什麼呢？要是每個人總是停留在「害怕去嘗試」的階段，是不是生命就沒有煥然一新的感覺了？我們把太多的時間都浪費在害怕與擔心上，卻不肯把那些時間拿來發揮勇氣面對，這是我在體驗高空彈跳完的最大感觸，卻也是延伸到很多人生問題上的想法。人的每一刻也都是拿生命在跟老天賭，不管你在開車中，還是走在路上甚至是坐飛機，「想飛的鋼琴少年」有一句台詞：「飛機在地面上比較安全，但是飛機就是要飛呀！」

有時候，就只差這麼一步，或差這麼一點勇氣，你就跨出去了你就完成了！可是大家卻在遇到陌生的情形時又退縮。沒有什麼事情是困難的，會說出這兩個字的人通常都是因爲還沒有去準備、還不願意花心思去解決，所以當然覺得困難！與其讓自己總是杞人憂天，還不如直接去做，見招拆招，「船到橋頭自然直」這句話是有道理的。

我一直都抱持著「只要有機會、有可能辦得到，那我就去做！」這是一種心態上的問題，每個人都在研讀偉人們的奮鬥史，每個人都想像那些偉人們一樣出頭天，但卻又總是作繭自縛，擔心這個、害怕那個、萬一發生這個、要是只剩那個。記得有句話，「當你跌落到最谷底時，別灰心，因爲接下來的每一步你都是往上爬！」失敗就失敗呀，沒什麼了不起的，只是你願不願意讓自己坦承的接受發生的事。

心靈立志的書，大家也都看很多，可是卻只是點頭點頭的認同那些看到的文字，但不願讓自己去調適自己遇到事情的心態，煩惱都是自己給自己的，不願意去解決就不要說你遇到什麼瓶頸或逆境。有時候，計畫需要的是一種堅持和固執，當你有個計畫時，就要告訴自己「我不去誰要去做？」你可以不管世俗的看法、常識，以及一般人所謂的「教條」，但是必須遵守一個社會能夠生存所必備的道德規範，生命的價值拿捏在自己手上，你覺得會成功你就會成功，你覺得辦得到那就做，這就是人生的挑戰不是嗎？

行前裝備

一雙拖鞋，三件上衣，一件外套，兩套內衣褲，一件牛仔褲一件短褲。

毛巾牙刷牙膏肥皂，雨衣，筆，記事本，小包裝洗髮乳洗面乳。

簡略地圖一張，詳細地圖一本，小刀，皮包，充電器，強壯有力的心臟一顆。

行前計畫：
隨遇而安，既然是要體驗流浪在外的感覺，愈多計畫就愈多累贅。

DAY1

出發時間：
2008年7月7日早上10點

淡水捷運站

淡水→富貴角→石門→福隆→三貂角→羅東

【記者蔡慧蓉/台北報導】七月七日的白天，在層層白雲與蔚藍天空的籠罩下，淡水捷運站顯得很美，我男朋友送我到這，我便開始一個人的旅行了，雖說有些不捨，但這是我人生中計畫想要一個人去做的事情，所以我得親自完成它。因爲一開始還是有點不知道要從哪裡出發，或是應該怎麼出發，所以我的第一步：先搭公車到台灣的最北端——富貴角。

車上很多熱血的青年，全都是要往白沙灣奮戰，有時候看看他們，都會覺得「年輕眞好」，想到這我就會暗自偷笑三聲慶幸我還年輕，這時候領悟到這個眞理是對的。畢竟年輕是現在的我擁有的最大本錢啊！

於是，我就踉踉蹌蹌的搭車坐到「登台口站」。

一個人旅行的壞處就是沒人幫忙照相，我帶著我的sony K800i就出來旅行，帶數位相機實在太繁重了，現在的科技眞棒，相機、MP3、遊戲通通聚集於一身，帶著手機就可以走天下了呀！

我把手機按自拍定時器放在牆上，還突然發作「現代社會恐慌症」，左顧右望就擔心有搶匪突然跑出來搶走我的手機，不過看樣子是我多想了，因爲台灣100%都是好人！只是那些好人中可能又剛好都有5％的壞人特質。

不管是誰，每個人都在扮演著自己生活中的角色，就算是陌生人也和我們一樣，都身爲別人的朋友，或身爲別人的父母、孩子，也身爲別人的男女朋友等等，他們也有自己的事情要做，和我們沒有太大的不同，因爲我們都是人。就跟你會相信你的親朋好友一樣，那些所謂的陌生人，也同樣會被他們親朋好友信任著，人都是相同的，那爲什麼我們還要處處去懷疑、去否定每一個經過我們身旁的人呢？

台2線上的路邊，種了好多向日葵，美化得好漂亮，爲了從富貴角到攔到的第一部車，我走了好長好長一段路，因

爲這是環島第一次要準備攔車嘛，難免有點害羞！記得我人生第一次眞的搭便車是在國二的時候，那次是和一個好朋友一起去台中月眉馬拉灣，因爲那邊幾乎沒有計程車，用走的又太遠，於是就攔著路上順路的車載我們回到我爸家，當下眞的有一種很特別、很感動、很新鮮的感覺。

第一位車主是位媽媽，載我從富貴角到台北縣石門鄉，她聽到我一個人旅行時有點訝異。

但是她依然帶著祝福送我一程，老實說，這趟旅行中，我不知道那些遇到我的人，會不會因爲我而影響了他們什麼人生想法，但是我知道，因爲遇到他們，我的人生卻悄悄的改變了什麼。

豔陽烈日下，我跑到7－11偷偷吹了一下冷氣就又繼續上路，說實話北海岸我滿常來的，因爲這邊的沿海風景很

美，總是讓人心情放鬆愉悅，我買了兩顆素粽綁在我的包包旁邊，準備餓的時候可以拿出來充飢。走著走著，我終於又攔到第二部車——是一對夫妻，這位徐叔叔說他年輕的時候也愛好旅行，去過很多國家流浪，他很鼓勵我堅持下去，他說旅行是人生很大的成長，你可以觀察別人，也可以沉澱自己。緣分讓

我在第一天就遇見他們，或許這是老天爺在偷偷的告訴我：這趟搭便車環島將使我獲益良多。

話說他們兩個夫妻情緣很特別，他們本是毫不相識的人，都各有家庭，一個有三個小孩、一個有四個小孩，但他們的另一半都離開他們了，一個離開了八年、一個離開了十二年。天啊！對一般人而言，都一定曾經認爲，當初結婚的對象會是廝守終身的伴侶，根本沒想過是不是這輩子還會遇見些什麼人，但上帝的安排卻是奇妙的讓他們相遇。阿姨說她有次喝醉酒亂攔車結果攔到叔叔的車，當時他也沒想什麼，只是很單純的順路送阿姨回家，在大陸工作的叔叔好幾個月才會回來台灣一次，每次回來也都幾天就又回去了，有次卻在卡拉ＯＫ裡又遇到阿姨，他留電話給了她，但阿姨回家後並沒有打，直到事隔了好幾個月在整理家裡時才又看到電話並撥出去，又恰恰好在叔叔要回大陸前接到，於是他們的這段緣分就這樣開始了。

記得阿姨在車上感慨的說：「有人喜歡海、有人喜歡山、有人喜歡車、有人喜歡石頭，不管是什麼都有人喜歡。」才講到一半叔叔就突然蹦出：「對呀，怎麼偏偏我就喜歡你呀！」我在後面聽到都溫暖的會心一笑了。叔叔說，其實人跟人之間的表達一點點的幽默很重要！「一對吵架要離婚的夫妻，老婆哭鬧著說，『你把你要的東西通通帶走！通通帶走！』老公只是默默的回答，我只想帶走你……』你看，就這麼一句簡單的話，或許馬上婚姻就又可以逆轉回來，可見有時說話的用心真的很值得省思！」

這對夫妻因爲也是出來玩，就帶我去逛了很多地方，有些甚至是很多當地人都不知道的景點，讓我整個覺得遇到他們真的好幸運，他們也說：相遇即是種緣分。

沒什麼水量的黃金瀑布

【記者蔡慧蓉／福隆攝影】

這是黃金瀑布，不過因爲當天天氣太好，哈哈，沒什麼水量。

經過台灣電力公司的工廠，一個阿伯剛好下班，就很熱心的載我，雖然他的摩托車在上坡的路段一直沒辦法使力，我一度跟他說我下車幫他推車好了，可是他很堅持：不會啦，我這台車老當益壯，騎得上去啦！然後我就眼看他油門已經催到底了，然後腳還在地板推啊推的，默默的在後面微笑了一下。這位別人的爸爸、別人的丈夫、別人的朋友，也是身爲台灣人的一份子，台灣人的熱情，下雨都澆息不了。

阿伯載我福隆後他就回家了，之後也是一位台電下班的阿姨載我到靠近台灣最東邊——三貂角的地方下車，想不到這座代表台灣最東邊的燈塔在山上！

北台灣奇景一起來看看

【記者蔡慧蓉／福隆攝影】

這張陰陽海，因爲有礦質的原因，使得從九份金瓜石黃金瀑布流出來的水都偏金黃色，在台灣的海岸邊留下特別的畫面，很多外國人來到台灣都還要特地來看這奇特的風景。然後我們還逛了金山老街、野柳地質公園、基隆和平島。

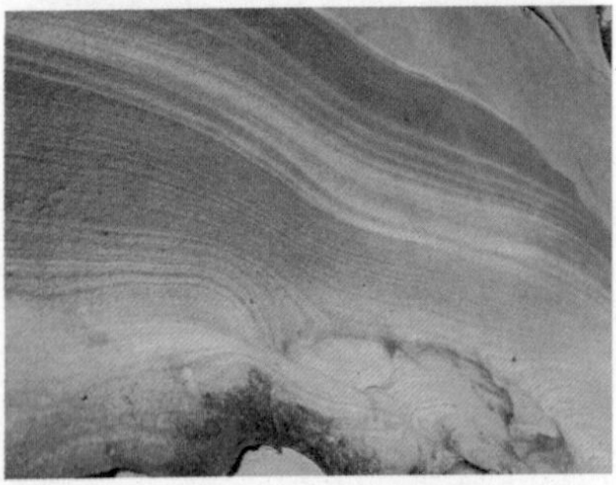

這些紋路，全都是海水侵蝕後的傑作，多美啊！

這張照片，那一點一點黑黑的東西全都是海蟑螂耶！

我一個人爬了好久，旁邊的草都比人高，樓梯還崩塌，害我還要繞路而行流

得滿身大汗，但走到燈塔的那一剎那，放眼望去的那一秒，我卻覺得這全都是值得的。

所以我在想，不管未來的路走得多辛苦多坎坷，就算沒有樓梯，我還是可以走草叢，只要我願意走，就一定會看到終點。有時候我覺得，或許眞的就只是差那麼一點點就會有所不同了，如果我在塌陷的地方就放棄，或者攔不到車的時候就回家，那我就不會來到這個美麗的地方！而那些毅力能否保持，卻也都只在一念之間。

就像以前國中上學要等公車一樣，雖然有時候等很久等不到公車會很抓狂，可是又覺得，如果我現在坐上計程車，然後後一秒公車就來我一定會氣死！反正等久一點就久一點呀，總之一定會有公車來；反正堅持一下是一下呀，總之一定會有光芒出現照耀著我的時候。

記得早上那位愛旅行的叔叔跟我說，攔車其實攔大貨車或連結車才是最安全的！因爲他們都有公司行號所以反而不敢亂來，而且他們平常上班的生活很無聊，我坐上他們的車他們還會覺得有人陪他講話很快樂呢！又或者萬一眞的有人想對你亂……哈哈哈！關於這點叔叔的說法很可愛！

「你就腳開開跟他說你來你來啊！」那個人九成九會被你嚇壞跑掉以爲你是愛滋病患者呢！其實我也想過耶，萬一眞的遇到什麼事，就跟他說我有愛滋病好了，因爲日子不多所以想出來完成最後人生的心願。哈哈！我想說不定這會還滿實用的。其實在這邊我也要宣導一個正確的觀念，女生身上都要隨時放著一個保險套！第一：萬一男女朋友發生性關係可以避免懷孕；第二：要是女生在路上遇到強暴犯，眞的逃脫不了時，至少在最後一秒可以要求對方戴上。畢竟戴上保險套後你只是心靈受創，但卻

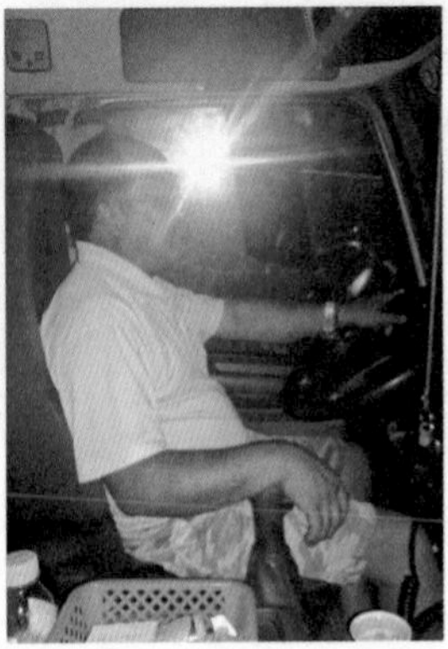

保障了你不會染病及懷孕，後續恢復心靈的事情比起墮胎或治療性病的後遺症來得容易多了。

這位大卡車阿伯載我從三貂角到羅東郊區附近，要下車的時候他還很熱心的送我保健飲料和口香糖，其實這類工作，雖然每天的生活和路線都是一樣的，但薪水卻很高，有的每天這樣跑一個月也有十幾萬呢！人家說行行出狀元，沒有一個行業是卑賤或者是不好的，只要你肯做，就不會有一種名詞叫做「失業」！

獨自走了些許路後，眞的感覺愈靠市區的車愈難攔，而且那時候已經晚上了，就算我攔車人家也會以爲我是鬼吧！這時剛好經過一戶人家，那位爸爸要出門，我走過去問說是否可以載我一程到羅東夜市，雖然他長得有點兇，但他還是很阿莎力的直接載我到達目的地。有時候覺得，大家常常都把吃檳榔或有不良習慣的人就當做壞人，但他們其實也和平常人一樣有家庭有小孩有朋友，回頭想想自己週遭的朋友，多多少少也都有感覺比較海派的人，不過其實心裡都明白，他們都是很義氣很兄弟的感情呀！所以我們不該總是以貌取人。還記得以前國中有個家政女老師，因爲有個同學感覺比較不像乖學生，她就很瞧不起他，每次不管他做什麼老師分數都會給很低或用不是很好聽的字眼說他，有時候我站出來幫他說話還會被老師念，這社會的刻板印象眞的很傷人！

之後我就一個人在羅東夜市裡面東走西逛，吃了包心粉圓遇到兩位交大的學生也來宜蘭玩。交大耶！多棒的大學阿！老實說，雖然學歷很重要，但我卻相信人生的態度才是更需要學習的！很多只會念書的人都不會和人溝通與交際，沒辦法學以致用，那念了那些書有什麼用？他們眞的知道自己做這些是爲了什麼嗎？往自己喜歡的那個方向走，才是最重要的吧！

「世界上有95％的人都是一樣的，只有5％的人會是不一樣的！」一般人所考慮到的、所想到的都是同樣的想法，有時候或許自己會有不同的觀點與見解，但就看你願不願排除萬難去做，如果只是因爲大部分的人都說這個不好那個不要，那你就只能成爲那95％的人，做個乖乖的平凡人；但如果你熬過去、堅持過去了，那你就能成爲那5%特別的人。每個偉人也是如此啊，或許他們的過去與曾經都被人看衰過歧視過，但是他們卻很有毅力的相信著，然而撐過來不就是一片天空了嗎？只要是不違反道德標準不作姦犯科，對得起自己良心，該堅持的就要堅持，不該固執的就不要固執，沒有事情是難得倒你的！

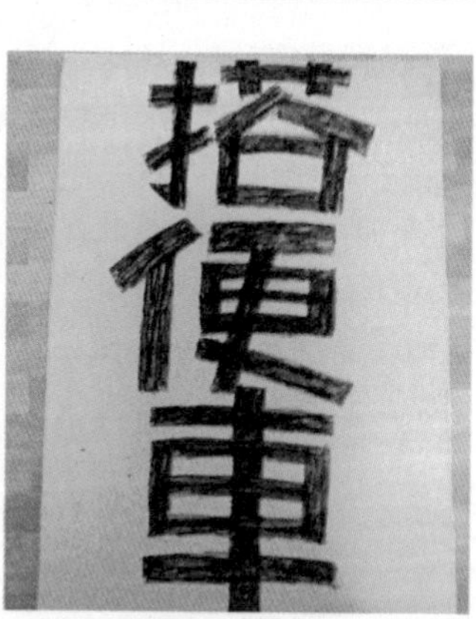

走了一個台灣

【記者蔡慧蓉／福隆報導】

這就是我的全部裝備，很簡單又輕便，就這個背包、這雙鞋，讓我走了一個台灣呢！

才第一天出發就遇見彩虹，整個對這趟旅行又更充滿信心與希望了！

溫暖的台灣

爸，今天我朋友要住我們家可以嗎？

我永遠不知道下一秒是去哪裡或在哪裡，我體驗著萬一大家都離開我時，我在一個陌生的環境下該怎麼生存的感覺。

【記者蔡慧蓉／台北報導】本來想去羅東警察局借住一晚，但是因爲是辦公地方不方便，他們說如果真的找不到地方住，他們的辦公桌是可以讓我趴著休息一晚。於是我又回到熱鬧的人群中默默的走，有點心酸有點寂寞，第一次出來這樣子流浪生活，會想家、會想家人、會想朋友，而我永遠不知道下一秒是去哪裡或在哪裡，我體驗著萬一大家都離開我時，我在一個陌生的環境下該怎麼生存的感覺？

在尋找何處過夜時，剛好路上遇到有兩個看似學生的人，一開始我還有些緊張，我沒有太大把握的簡單敘述一下我想跟他們回家借住之意，只見那兩位泰雅族的同學馬上撥電話給爸爸：「爸，今天我朋友要住我們家可以嗎？」天呀！就這句「我朋友」聽到都窩心了！然後馬上和他們一起回到南澳！他爸爸來接我們時，順路載一位同村的父子回家，就當那位爸爸抱著小baby要下車的時候，「鏘」一聲好大聲！原來是小baby撞到頭了！但是他竟然連哭都沒有哭，這讓

我直接聯想到很多原住民從小就很勇敢的訓練。

　晚上和他的表姐妹我們四個睡一間，原住民眞的很大方，說唱歌就唱歌，睡前還唱他們族語言的歌給我聽！來到原住民部落和他們更接近更多一層了解，是我一直夢寐以求的！想不到幸運女神在第一天就讓我實現願望了。

　他們還很熱情的送我純手工編製的小東西！下面那張是我第一天流浪的海報簽名戰績，還空空的好大一片耶！眞想現在就放最後結束時滿滿的簽名上來對比一下！不過我覺得還是留到最後一天好了，因爲要先吊吊胃口呀！

　我的第一天旅程就這樣子在宜蘭南澳武塔村畫上了句點，路途中還是有很多被拒絕的情形，但我覺得眞的一切都是緣分，前一秒攔到了車，又或者後一秒攔到的車，之後遇見的人和發生的事就會整個都不同，故事或許就又會有新的發展或逆轉，挫折難免都有。但我認爲，在沒有發生最糟的情況下，不管發生什麼事就都會覺得是幸運的，我發現過了今天，我突然變得更容易感恩，感謝每一件發生的事。就像「在天堂遇見的五個人」這本書，或許只是生活中的一些小事情，但卻間接影響了很多東西很多人。

　路人們啊，或許我只是你們眼中的過客，但你們的臉蛋依稀都還浮印在我腦海裡。

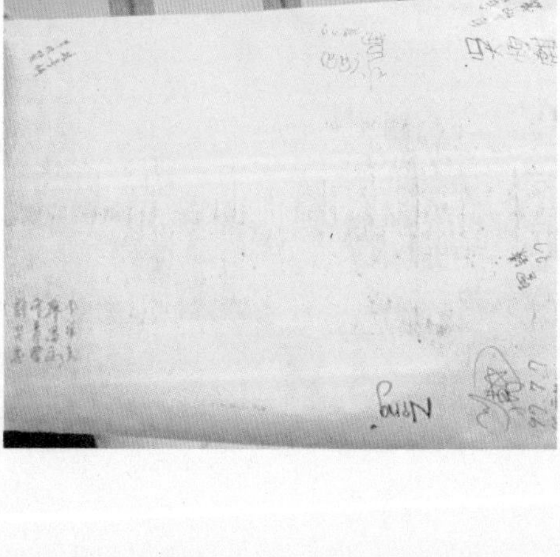

DAY2

出發時間：
2008年7月8日早上9點

南澳武塔村

南澳→太魯閣國家公園→花蓮市

【記者蔡慧蓉／南澳報導】不知道是什麼原因，我滿早起床的，以前放假都睡到中午太陽曬屁股，現在卻都八九點就眼睛睜開了，可能因爲「知道有什麼事要做，才不會讓人變得鬆懈」，後來發現，人好像都是這樣，如果沒什麼事，就會讓自己用睡覺逃避一切，睡幾個小時會累、睡十幾個小時還是累，但是當你自己知道好像有什麼事情還沒做而必須要做時，你的生理時鐘就會自動叫你起床。

或許時時都應該問問自己，到底在等待些什麼？現在做的這些是爲什麼？讓自己有個目標很重要，因爲你才會想要去準備並實踐，不要讓自己總是過很安逸的生活，一個人如果在年輕時期就開始平庸，那麼今後要擺脫平庸就會十分困難。

這天早上當我醒來時，左看看右望望都沒人，心裡想著他們怎麼那麼信任我，敢讓我一人待在他們的房裡，不過卻讓我感覺很溫暖，因爲他們信任我。我把棉被摺好走去客廳，發現雪臻（小我一歲很漂亮的泰雅族女生）在看電視，她說要帶我去走走，不過要等客運來（政府爲了補助原住民，在南澳這個地方的公車都是免費搭載的，大概兩三個小時才有一班車來，偷偷補充：泰雅族主要遍佈在宜蘭南澳和桃園拉拉山等地區），這個地方主要分爲七個村，我來到的是武塔村，一般走蘇花公路一定會經過。

看到佈告欄上面寫著「九七年度原住民族語言認證考試」，才發現還是有很多人一直都致力於延續並保存原住民的文化，現在這個社會什麼都有發行證照，感覺有點氾濫，卻也無形中保障了很多專業的人才。

原住民其實才是最值得被尊重的，他們延續著早期人們的生活，有著一股大家互助合作的向心力，在村落中，沒有小偷或搶劫、強暴這方面等黑暗面，共同優點則是老實又大方，大家都是赤裸裸的打開胸懷面對他人，鄰居有什麼事也都會很正義感的跑出來幫忙，哪像現在我們生活週遭，當你在路上看到有人皮包被搶說不定還沒有人去追，上次我基隆的家樓下有人被討債被砍，那個人一直大叫救命能不能叫救護車，血淋淋的畫面從陽台看下去眞是怵目驚心，但每個人的家卻都大門深鎖，連一樓里長也沒有及時出面關心，最後還是我媽趕快打電話叫警察來。這種現象愈文明的地方愈明顯，因爲大家都不想惹不必要的麻煩，反而對週遭的人都多了一份冷漠與戒心，好像隨時都怕自己被陷害或牽連到一樣，但是，這種態度卻不會帶

商店兼投幣式網咖

【蔡慧蓉／攝影】

這張是村裡的商店兼投幣式網咖，他們一樣和我們在享受著時代的進步，但很多資源卻沒辦法像我們一樣唾手可得，他們不該只有這樣的環境。

來世界和平。

之後去參觀他們的國中部足球隊，每個人都這麼可愛又這麼熱情，說唱歌或跳舞馬上都很大方的就表演，絕不扭扭捏捏，我就是喜歡這種阿莎力的個性，要幹麻就幹麻，不需要總是爲別人拘束這麼多。

山裡面的風景都讓人覺得好舒服，這就是早期人們生活的環境，以前的台北說不定也長這個樣子。

本來還要跟他們一起去溪邊玩水和唱歌，後來因爲他們臨時又被叫去練球，所以只好取消。

要離開時，我到村旁的警察局借廁所，這位員警是太魯閣族的呢！他聽了我的行程，雖然有點驚訝卻叫我要加油，當我說要跟他合照時，他很義不容辭的拿了照相架，可是這對我的手機來說太大了，不過可以放在上面按自拍定時器就OK了啦！

其實這趟旅途中，有時也會打給朋友哽咽，說我有點想家想台北想大家，說我心裡有點酸有點寂寞，但是通常他們只要給我一點點的小鼓勵，我就會又充滿勇氣繼續的堅持下去。謝謝你們，曾經在我路途中給我簡訊或電話的關心。

美麗的原住民國小

【蔡慧蓉／攝影】

村子裡的國小，很大很美很自然，照片中的樹都是每一年的畢業生一人一棵栽種出來的。

地理環境的關係下，大大的一間學校，一個班級內只有五六個人，大家一起從幼稚園到國小、國中，都在同一個班級內長大，朋友之間的感情就跟家人一樣濃密，這就是爲什麼原住民們總是都這麼相親相愛。

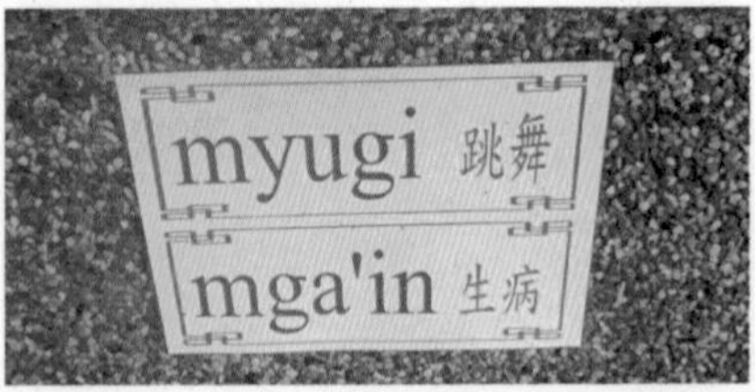

連牆壁上貼的單字也和一般學校不一樣，現在大家都在致力於英文的推廣，但他們卻保持著對自己族群的尊重與延續，貼的全是羅馬拼音的泰雅族語。

背著我的簡單行李，我又繼續上路了。

我習慣走走停停看看，而不會一出發就馬上又攔車，有時候走在路上，靜靜的看看車、看看山、看看人，每一秒和每一刻，大家都在過著自己的生活，或許他們看見我的剎那，只是用眼角的一個餘光瞄到，我只是個很普通的過客，經過這些地方。

不是每次攔都每次有車，過程中我還是被拒絕幾百次，只是我覺得，就算一百部車都不停，總是還會有第一百零一部願意停下來，就跟人生一樣，就算失敗一百次，也總會有一次是成功的，主要還是你有沒有堅持下去的毅力，願不願意再多等那一秒鐘、多停頓那一點時候。終於，有部車開過去又迴轉回來，是一個家庭全家出來玩，和他們講完我的來意後，他們同意讓我與他們一起去太魯閣公園走走，沿途經過的美麗海岸線，我用手機把它全納入記憶。

太魯閣國家公園眞的很壯觀，每一座山或每一個景點都只能用鬼斧神工來形

容，大自然神祕奧妙的力量，是人類永遠望塵莫及的，如果在繁雜的台北街頭過慣了，就到這寧靜安詳的地方沉澱一下吧！忙碌、快樂的生活會讓你覺得時間過得很快，不知不覺已經一把年紀；但放鬆、休息的生活會讓你反省與思考，想想曾經發生在身上的每一件事，看看過去懵懂無知的想法。

這溪裡面的水是碧綠色的，我猜這裡頭應該是含有什麼礦物成分吧，不過這樣子的顏色搭配起來，卻別有一番美的氣息。

這對夫妻是很和藹的兩個人。

他們是基督徒，讓我想起昨天搭載我的夫妻也是基督徒，當下我還有點以偏概全的覺得，該不會只有基督教徒才有大愛接納人的胸懷吧！不過這當然不是正確的答案！應該說，幾乎每個有宗教信仰的人，他們大多都願意對其他人付出他們的愛心與關心，因爲佛教和聖經都有告訴他們「神愛世人所以人也要愛人」啊！

我一直都覺得這位兒子很像某位藝人，也好像在哪部戲裡面看過他，不過就是一直想不起來，問他他也說不是，哈哈，或許眞的是我誤解了！他說他去年也一個人騎單車環過島，很累而且主要住青年旅館和朋友家，好像十天花了快一萬塊吧，男生果然都有好體力，要是我騎完整個台灣，恐怕我會瘦一大圈吧！到時候我也變成窈窕美少女！雖然我還滿想試試看的，但是還眞的沒什麼時間，因爲旅程結束後，我又回到了半工半讀的忙碌生活了。

今晚住在花蓮民宿老闆的家裡頭

上次我來花蓮住過這裡，想不到民宿的姊姊還記得我，只因為上次來時我和我朋友兩個人騎腳踏車逛了整個花蓮市，讓她覺得很不可思議。

【記者蔡慧蓉／花蓮報導】這晚，剛好他們一家人想在花蓮市找民宿，我介紹他們一間上次我來花蓮住的民宿，那位媽媽很厲害，三人房一晚殺價殺到一千二，眞佩服她的功力！想不到民宿的姊姊還記得我，只因爲上次來時我和我朋友兩個人騎腳踏車逛了整個花蓮市，讓她覺得很不可思議，她說現在很少年輕人這麼有耐心騎車運動了。一開始還以爲我是哪家人的小孩，但我跟她解釋一番後，她突然跟我說他們家今晚烤肉，不介意的話就去他們家住一晚，整個覺得運氣眞好，第二晚的住宿就這樣有著落了！

於是我幫忙她整理一下民宿就回他們家，他們的家庭很簡單，一對夫妻還有一個小女兒，一起烤肉的人有鄰居阿嬤也有附近親戚，外面的小場地成了我們大家同歡的地方，即使我們是才認識不久的人，但他們對我這位客人卻十分慷慨。對於人生，我還有很多不懂而需要學習的，所以當我和陌生人從相遇到相識，我總是喜歡和他們聊很多他們的故事，並且他們也常常以長輩的態度告訴我一些人生道理；我喜歡和人聊天，尤其是和我沒接觸過的人甚至是我一輩子都說不定接觸不到的職業，或許我沒辦法在這輩子去嘗試每一種東西，但是我

可以透過從其他人的經驗去看世上那些我還沒體驗到的部份。

他們家養了兩隻狗一隻貓，三隻動物感情好得不得了，冬天還會一起窩在洞裡面睡覺，奇妙的是貓愛吃狗飼料、狗愛吃貓飼料。

連在地的花蓮貓都對我這外來客這麼的親切，整個就很有家的感覺。不要小看你週遭的動物們，其實有時候最懂你的反而都是他們。

於是我又跟他們借了腳踏車，這次是我一個人在花蓮的夜晚徘徊，一半的城市感、一半的鄉下感，滿天的星星把花蓮港點綴得美透了，我把手機放在路邊的小牆上設定定時器，然後騎腳踏車過去想把自己拍下來，哎呀卻拍模糊了，正要拿手機看時還掉到地上的水灘裡，害我頓時想說完蛋了，因爲這趟旅行要是沒有我的手機陪在我身旁，那我就不能隨處紀錄我的所見了，後來馬上騎回去用衛生紙猛擦、吸水，還好最後它還健在，不然我就只能對著手機哭個三天三夜，然後再燒香拜拜祈求它趕快活起來了。

這天晚上，我和明明姊聊到很晚，她說了很多以前她的故事，還有她和她先生結婚後遇到的瓶頸。但是，我想說的是，他們家讓我覺得有一種很簡單卻很幸福的感覺，不管是住的地方還是人心的部份，或許他們家不富有，但是他們卻很快樂，這是外面很多有錢人都體驗不到的感覺，那些有錢人整天拚命掙錢，卻不懂得享受生活，那麼多錢究竟可以幹麻？

很多大人的經驗都是一路走過來所得到的，他們比我們知道要節省也都是他們曾經辛苦過，所以能省就省，這就是我們年輕人應該要學的地方，讓自己愈苦才愈能體會成長，並用自己的判斷堅持自己認爲對的事，並獨立檢驗事情的眞僞，這才是眞正的哲學。

關於年輕

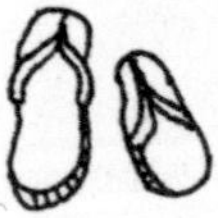

身爲一個年輕人，究竟需要具備哪些條件？

而那些條件，是我們本來就會自覺的，還是前輩們一廂情願的希望我們具備？

國小五年級，我十一歲，我參與了村子裡五年千歲的廟會，我是打鼓的，經過不斷練習與參廟，我分到了八百塊。這是我的第一份工作。

國一那年，我十三歲，透過同學媽媽的介紹，過年連三天早上在菜市場賣花，我大方又三八的個性使得業績還算不錯，記得當時老闆多塞了五百塊給我，好有成就感。

國二那年，我十四歲，本來在認識的麵包店做假日工讀，一天八小時五百塊，後來麵包店收了，我失業了。雖然媽媽反對我打工，可是我還是偷偷的去找工作，可是年紀太小大家都不要我，最後終於有家咖啡店的老闆錄用了我，時薪八十。領到薪水後，偷偷拿去郵局想存起來，無意間看到了壽險保費，問清楚後，馬上拿了單子回家給我媽簽，說我想存錢，她唯一的條件是我要自己負擔。

一個月繳2700×合約6年=可領20萬

當時心裡只想著二十歲的我就有二十萬可以投資我的人生。

國三那年，我十五歲，我去一家咖啡店打工，前期表現還算不錯，但後期因長時間的工作令我疲憊，漫不經心，人生第一次被老闆要求回家休息一陣子，但我知道是我被開除了。

後來又找到了另一間咖啡店，這一做又是半年多，直到要考基測了才自動請辭，雖然這份工作沒有被解雇，但我自己曉得其實沒有做得很好。

畢業後，前一間的咖啡店老闆找我回去幫忙，當時我兼了三份打工，白天在咖啡店，晚上在飲料店，空閒時間就去補習班幫忙打電話招生。

為了錢我好瘋狂好拚命，我想存錢，我想自己養自己。最後我只選留在飲料店，時薪一百，而這間店的老闆也很看重我，願意讓我上整天班，光暑假兩個月竟然可以領到四萬多塊。

我第一次眞的發現有付出才會有代價，換了環境才知道要改變以前的錯誤，認識不同年齡的新朋友，才知道原來大家想的這麼不一樣。

這年，我考上了基隆女中。

高一那年，我十六歲，上課每天都在睡覺，八堂課我最多可以睡六節，放學後趕到台北補習，假日就繼續在飲料店打工，這種生活讓我盲目，一點也不快樂，我不知道我念書的目的，於是，寒假一結束，我就休學了，我媽唯一的條件是不要麻煩到她。

後來，我一樣拚命打工，飲料店老闆開了一家新的店，我每天上班加班，一個月曾經只休兩天，但是我卻領了三萬七的薪水，比外面一般正職賺的錢還要多很多，我才發現，其實這都只是人生中的小錢，而且誰說錢不好賺，肯做就有錢賺。

這年，我自己辦休學、自己報基測、自己選學校，從頭到尾沒有麻煩到我媽，我為我自己一個人完成了這些事，感到驕傲。原來我已經可以為自己的決定負責。

這年，我重考上了北士商，也一個人在士林租了雅房。

現在的生活已經沒有人會限制我，所以我得拿捏好我每一個分寸。

我又買了新光人壽的壽險，一年3600×合約10年＝36萬

至少要是我身亡了，我家人可以領到一百萬的金額；要是我沒身亡，二十六歲那年沒意外應該至少可以領回三十六萬。

依舊高一，我十七歲，在飲料店做了一年半，職業倦怠，我轉戰到加油站，時薪一百一十，各式各樣的角色都濃縮在這行業裡，千奇百怪的人都有。我開始反省我的人生，都要十八歲了，我究竟為了自己做了什麼。暑假時我把工作辭了，開始安排那些曾經我想做的事，無論是高空彈跳還是夏令營，甚至是環島，我都去做了。

至少在滿十八歲前，我無怨無悔了。

這是我的人生，就由我來決定。

為什麼我可以這麼的自由的選擇每一條路？

因為我才十八歲。

DAY3

出發時間：
2008年7月9日早上9點

花蓮明明姊家

花蓮市→東華大學→玉里

【記者蔡慧蓉/花蓮報導】哇哇哇，不知不覺今天已經是第三天了！這就是昨晚我們大家睡的床，剛起來還沒有摺棉被的亂樣，一個小小又簡單的家庭，卻有一番溫暖動人的感情。

明明姊人很好的去買了早餐，他先生是阿美族的人，我還記得前一晚他雖然喝醉了，但很認份的睡在房間外面怕會影響到她女兒，我覺得看一個人的個性有時候從酒品中也可以感覺得到，他醉歸醉，卻還是清醒的告訴我：「就把這當自己家，我把你當自己妹！」原住民阿莎力又好客的個性，我眞的很欣賞！

到現在偶爾電話連絡，他們還會充滿熱情的邀約我有空再到花蓮去，還有民宿的園長，他們一群人感情眞的是好到不行！我絕不會忘記，他在我的海報上簽了大大的「配服配服」！哈哈哈！

逛到菜市場的時候，接到了同學打來說老師在找我，突然想起今天是七月九日全校返校日！哎呀！爲了這趟旅行，我辭了工作又沒去返校，不過還好這都是小問題可以解決，不過我得用剩下的暑假回學校補打掃。

所以才說啊！要好好把握學生時期，

花蓮港景

【蔡慧蓉／攝影】

明明姊騎著摩托車帶我去走走，看看花蓮市這個地方，一路上去了松園別館、菜市場、菁華橋，下面這張就是從松園別館照出去的花蓮港景，遠遠的看過去，海平面感覺比陸地還高，藍藍的天空白白的雲，讓人覺得很舒服。

因爲這是最沒有煩惱的一個階段，等再大一點二三十歲甚至更老，就沒有充裕的時間去好好休息了，當你有了工作、有了家庭、有了小孩，都會有更重的責任感在身上，況且很少會有老闆讓你請一個月的假出去旅行，也不會有小孩和伴侶對自己說：「你出去一個月我可以自生自滅」，年齡愈長生活的責任就愈重，相對的，想要放假要付出的機會成本就更高了。

「如果你的生命只到明天的這個時候，現在的你最想做什麼？或最後悔沒嘗試過什麼？」

「寧願做過而後悔，也不要沒試過而遺憾。」

逛膩了台北的菜市場，這次我逛起花蓮的傳統市場來了，雖然沒有太大的不同，但這邊的老闆看到我在拍照還特地擺pose好可愛，只可惜我快門按得慢沒有拍到。

其實，看到農作物我就覺得好心酸，這次旅行讓我眞的明白了農夫有多辛苦、生產者有多委屈，記得有次經過鳳梨田，一整個田裡全種滿鳳梨，少說也有五千顆，中間商去跟他們收購了不起一顆二十元：

20元×5000顆＝100,000元

農夫們花了多少的時間栽種，卻只有少少的獲利，然後中間商再用一顆50元或者更高的價格賣給我們這些消費者，錢都被他們賺走了，農夫們當然活得痛苦，人家說颱風菜價漲，眞正漲了賺的還是中間商，說不定中間商還會刻意說泡過水的菜爛，然後跟生產者壓低收購成本，最後再以天災爲理由高價賣出，吸收的也都是消費者跟生產者，就算有的東西生產成本是眞的增加，但是他漲給中間商五塊，中間商會漲給消費者十塊（等於中間商自己再多賺五塊），中間商本來就賺了一定的利潤，又因爲生產者漲價，自己再從中多拗一點，這樣你就知道現在M型化社會是怎麼來的了，但就現實面來講，這卻是聰明人的生意頭腦。

對菁華橋而言，我多麼渺小；對這個台灣而言，我多麼渺小；對這個世界而言，我多麼渺小。既然我只能來這世上一遭，總是希望能做些對大家有貢獻的事。「我是女生、我十七歲、我一個人、搭了便車環島、我只花了兩千塊」，光這些就夠讓大家記得有著這麼一個人了，這樣，是不是我的存在已經有了價值？

如果，每個人都願意從正面思考來看這件事，我想會有更多人來反思自己要珍惜光陰。

記得前一晚，我幫忙顧小孩陪她玩，我去洗澡時，還聽見妹妹一直問說：「暖暖姊姊呢？暖暖姊姊呢？」想不到才一晚上的時間她就愛上我了，她很懂事也很可愛，連吃麵的樣子都很討喜，以後長大一定是美人兒！

每個人都在過自己的人生，講自私點，就是「不需要爲別人而活」，雖然父母都會愛子心切，但是人生是自己的，每一個人都是個獨立個體，把孩子養到一定階段後，就該放手讓他走，不需要再爲他去犧牲自己的人生，人活著就該是讓自己快樂而不是痛苦，如果總是爲了別人而活，那找不到眞正的自己。就以我爲例，如果當初我的家人什麼都幫我安排好的、什麼都爲我擔心、爲我煩惱、幫我解決一切問題，那我就不會是今天的我、也不會有意識覺得自己是個獨立個體，所以我過著我想要的生活，選擇我想要的路；相對的，假設今天我自己已經爲人父母了，我也希望我的小孩能夠有自己思考、自己生存的能力，並且我希望不要因爲生了他而導致我不能繼續過我想過的人生，因爲我們都是獨立的個體啊！穿插一小段我在「cheers」看到的吳念眞的話：「每個小孩都是獨立生命，有他自己的未來道路跟他要去試探的事，不要把你自己的經驗硬丟到他身上。第二，不要叫他去做我們做不到的事，如果你行，你自己去做。」

芒果提拉米蘇

【蔡慧蓉／攝影】

花蓮有名的提拉米蘇，這是芒果口味的，看起來就很吸引人吧！

後來我們就去買了花蓮有名的提拉米蘇，我們買了芒果口味的，聽起來就很吸引人吧！其實很多東西，都是第一口、第二口好吃，吃了第三第四口就沒有什麼感覺了，就跟我們在接觸陌生的東西一樣，只有剛開始是極有興趣、極有感覺的，但是久了卻只剩下痲痺。是不是我們眞的都能一直記得最初的那份感覺，對人、對食物、對這世界？不過我後來覺得，發生過了的就不可能再改變，如果眞的能一直保有那感覺，那每個大人可能現在就還是跟小孩子一樣了不是嗎？時間很可怕，它可以帶走你的歲月也可以帶走你的純眞，而我們唯一能做的，不是去改變發生了的事，而是讓自己去選擇還沒發生的事。

老實說，有時候在路邊看到算命師，我都只是很客觀的去看待他們，因爲我會覺得，這是我的人生，以後怎樣都是我自己選擇的，最好他們手指捏一捏，鳥兒咬個籤，就能知道或決定我的未來。別人怎麼說你的命都不準，唯有自己遇見了才算數。套一句電影「一路玩到掛」的話：「我拒絕相信任何理論。」我不相信我所聽到的，我只相信我看到的，因爲那才叫「眞的」。

這天的花蓮下起雨來，是我在旅程中遇到的第一個瓶頸。

我有帶輕便雨衣，卻不想穿，因爲穿了不但不好攔車，還會把別人車弄濕，躲在屋簷下，對朝向我經過的車揮手，順便解釋一下，我雖然隨身帶著「搭便車」的海報，但我卻從沒用過它，我都是對著車子揮手，他們就停下來了，倒不是像新聞寫的那樣，其實海報並不是我環島的必備關鍵用品。

後來有部小貨車經過旁邊時，直接停在我前面不遠處，看樣子應該是願意載我一程的，我走到他旁邊和他交談了一下，他說他只能載我到前面不遠處，不過我可以坐在他的車後面，聽了其實就很感激了，因爲下雨，我不想要一個人在路上一直走，雖然坐上車還是在淋雨，因爲我就坐在堆貨的地方，哈哈！不過至少我有往南走就好了！記得在攔車的時候經過一個騎著摩托車的阿伯，他看了我一眼就繼續騎也沒有理我，後來我坐上小貨車超越了他，他用著很不可思議的表情看著我，然後就慢慢的拉遠距離了。

小貨車的主人是一位退休的主任教官，告別的時候他比了個手勢，很多大人的招牌手勢就像他那樣，呵呵！其實大人也都有可愛的一面啦！他一再交代我要小心安全，然後把我放在可以遮雨的屋簷下便離去了。

其實才第三天我就覺得我的行程還算快的了，第一天就到宜蘭，第二天就到花蓮，第三天晚上呢？該不會就直達台東了吧？

後來又攔了一部車，眞的被我猜中了，這部車眞的直達台東！我的天啊！我的旅程還想走走停停看看，不想一次就飛那麼遠呢！

其實在車上不知道爲什麼跟他沒什麼話，而且車上只有我們兩個我會害怕，

哈哈！我開始在腦中想著要下車的理由。後來經過很有名，全台灣最漂亮的大學——東華大學，我便跟這位叔叔說我在這邊下車好了，他二話不說就停在大學的對面讓我下車，並交代我雨大要記得穿雨衣，這讓我心裡有點小愧疚不信任他，可是畢竟出來旅行還是有會點防人之心嘛！

我沒有在下雨天的東華大學待很久，也沒有進去看詳細，裡面的建築都好像別墅一樣，聽說都是給老師住的，感覺就好享受。之後有一位要騎去車站坐車的男學生，又再把我載回台九線的路上。

我背對馬路在路上倒著走，看哪一台車跟我比較有感覺，然後對它揮手，後來就是這對母子中獎了！原來媽媽本身是花蓮瑞穗的阿美族人，嫁去桃園，現在是公車司機，她說看我的感覺就好像是要搭車，她很本能的就把車停下來載我，呵呵！我只能說她眞的是我看過最可愛的一位媽媽，整個超活潑很像年輕人！而且聽說他們前一天才在蘇花公路車禍撞到山壁，送車修理後馬上跟住在宜蘭的姪女借車繼續往瑞穗開，我們才會這樣相遇。

其實這趟旅程對我來說，最大的感觸就是「緣分」兩個字，因爲很多車或許平常都不走這條路，但今天竟然讓我遇到了，這也告訴我們要珍惜並好好認識

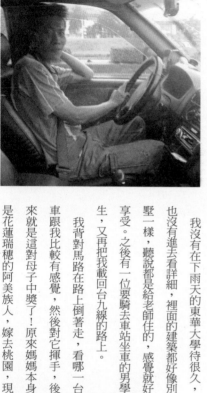

有個地方全是滿滿的向日葵

【蔡慧蓉/攝影】

往瑞穗的路上，每當經過很漂亮的地方，這位媽媽都會很興奮的馬上把車停在路邊，然後下去拍幾張照。有個地方全是滿滿的向日葵，雖然天氣是陰陰的，但它們卻一樣張開盛開的花瓣，跟隨著陽光的方向旋轉，展現堅忍不拔的生存毅力，它們也是朵朵的生命，只是它們不會表達、不會行動、不會說話。

你周圍的人。台灣這麼小，人口卻這麼多，兩千三百多萬人中能讓彼此遇見，眞的相當難得。

一路開到瑞穗有點遠，我在車上竟然就這樣睡了一下，他們本來想邀我到他們家去作客，但那時才三四點，是個還可以繼續前進的時間，我答謝他們後就又獨自一個人開始流浪。

天空飄著雨，我帶著簡單的行李和一頂漁夫帽走著，看到了瑞穗車站，有一股衝動想要直接坐火車回家，我立刻告訴自己「不行不行」！並且趕快打電話給我同學叫他們趕快鼓勵我，結果有個同學很好笑的竟然回答我：「那你趕快回來啊！我們很想念你耶！」我聽到差點暈倒！不過就這樣逗趣的對話了一下，我就又重新鼓起勇氣的啓程了。

這一路上看到很多騎腳踏車也在環島的人，每當他們經過我身邊，我都會大喊：「加油加油！」然後他們便會回給我一個溫暖的微笑。因爲我知道他們比我還要辛苦比我還要累，他們用體力在環島，用體力挑戰自己。我本來最最開始也有想過很多方式環島，但是我未滿十八不能騎車也不能開車，買腳踏車要花錢，買裝備還是要花錢，沒辦法，我是個窮學生所以只好再另尋方法。我知道，當一個人想做一件事時總會擔心很多害怕很多，然後因爲問題太多而放棄去做，還沒出發前我也是如此，我到

開始前的兩天我都還不確定自己是否要出發，行李也完全沒有整理，直到出發前一晚和朋友去吃飯，他們都叫我不要去，我就更覺得我要去了！然後才硬著頭皮開始收東西，想著這趟旅程我會需要些什麼，還想著要體驗看看睡在車站或者是路邊，當當流浪漢的感覺。

整理到後來才明白，其實我根本不需要帶太多東西，我也可以只帶一張地圖就上路，因為外在的東西都不是最重要的。

這個道理就跟「假如現在失火了，你會帶走什麼」的感覺是一樣的，我們來這個世上什麼也沒帶來，還不都能活下去，那萬一有一天當我們什麼都沒有了，當然就也更應該要活下去。因爲我們比剛出生時，多了智慧、多了體格、多了經驗啊！

後來我攔到一輛到花蓮縣玉里的車，本來想就在這裡停一個晚上的，可是這裡給我的感覺好陌生好陌生，我還去當地的書店逛了一下，書店老闆說，這是個完全沒有就業機會的地方，沒有工廠、沒有公司、沒有名產、沒有景點。

雖然已經六點多，但趁天還沒黑以前，都是可以再出發的！我問了一位路邊經過的爸爸，能不能載我到台九線，他說沒關係，反正也要等小孩下課，就讓我上車了。

「拚經濟」的蔥油餅

【蔡慧蓉／攝影】

經過一家蔥油餅店，小小的招牌寫著大大的「拚經濟」，這個鎮上幾乎全是老人與小孩，這讓我對這地方又更陌生了一點。

神祕人物

誤打誤撞　這次闖進台東大學的文學營

我沒有任何預設立場，在路上看到不管怎樣的車，只要適合的，我都會試著攔車，跟車子的種類廠牌都無關，也因此這趟旅行坐到了各式各樣的車子。

【記者蔡慧蓉／台東報導】我還滿喜歡停下來時，用走的認識一下所經過的地方，等到累了時才又繼續攔車，在車上休息一下，順便偷偷吹個冷氣。可是奇妙的事情總是會在低潮過後發生，當我感到有點低落的走出玉里時，我不知道我的下一站是不是就直接到台東了，還是又會到哪呢？

沒隔多久就有一部車子停下來了，是一台賓士，我沒有刻意要攔好車，只是很剛好的就攔到了這台，很單純的覺得很幸運就上車了。這次載我的是一對夫妻，他們說一開始停下來以爲我是當地的推銷員，因爲他們在日月潭時就這樣被人家騙過一次，那個女生也是攔他們的車，然後說前面會經過他家，結果到了後就叫這對夫妻去他們家買點東西，她可以叫家人算他們便宜一點。我聽到後急忙澄清說：「我可以拿學生證給你們看，證明我眞的是學生，我只是在單純的搭便車環島，眞的沒有要推銷的意思啦！」

一開始他們說他們在回味剛結婚時的樣子，那時候他們開著車西下東上環島玩了一圈，這次他們改從東邊下來，不過今晚他們要到台東大學的知本校區。因爲上車時後座放了一把吉他，我便和他們聊了許多相關的事，誰叫我也熱愛吉他！所以很好奇怎麼有人出來玩還帶

著吉他呢？

聊到他們的職業時，那位先生要我猜，我根據著我所看到的一直想，因爲那時候有看他們拿一張文學營的邀請函在找台東大學的位置，我就想應該是作家或者老師還是教育這方面的，但是他們還是沒告訴我。

後來經過台東的池上，他們買了池上便當也順便買了我的份，因爲已經接近八九點，怕不方便跟著他們住一晚，還一直猶豫要不要和他們說我在這邊下車就好？

不過正當我還不知道該怎麼開口，就和他們一起進了台東大學裡。下車後去參加了那個「文學營」的晚會尾聲，不管是主持的還是表演的通通是用台語，而且好多人看到這位先生都主動過來跟他問好和聊天。這才知道原來他是知名的台語歌「車站」和「春夏秋冬」、「想厝的人」的作詞作曲家。他叫林垂立，是一位優秀又不驕傲的製作人。

當大家以爲我是他女兒時，他都笑笑著和他太太說：「我是他們在路上撿到的。」說得眞好，因爲我眞的是在路上被他們撿到的！

他和裡面的工作人員談了一下，就幫我也爭取了一個可以睡一晚的學生房間。這裡不愧是學生宿舍，什麼都有，電視、冷氣、床、廁所、衣櫃、熱水壺樣樣俱全，可惜我只是借住的，又是臨時的，所以我住的那間就像一般空房間，有床但沒有棉被枕頭，就一張木板。不過既然是出來流浪的，有地方洗澡和過一晚，就很滿足了，對於其他任何東西，也就沒有太大的欲望。

這一晚，我和一位在民雄國中教鄉土文學的女老師同房，冷氣溫度有點冷，我把行李當枕頭，外套當棉被，就這樣沉沉的睡了。

DAY4

出發時間：
2008年7月10日早上10點

台東大學

整天在台東大學

【記者蔡慧蓉／台東報導】這個營隊的全名是「海翁台語文學營」（http://www.king-an.com.tw/），參加的成員大部分都是來自全國各國中小的鄉土老師或閩南語老師。雖然前一晚數度被冷氣冷醒，但是還是很累的拚命大腿夾小手捲在一起睡。早上十點到十二點是林老師要演講上課的時間，他打電話給我叫我和他們一起去餐廳吃早餐，順便幫忙他準備一些等等上課需要的東西，我一口就答應了，反正我又不趕時間，而且我也很想聽聽他的課。本來是計畫著上完他的課，我就要繼續往南走了，不過

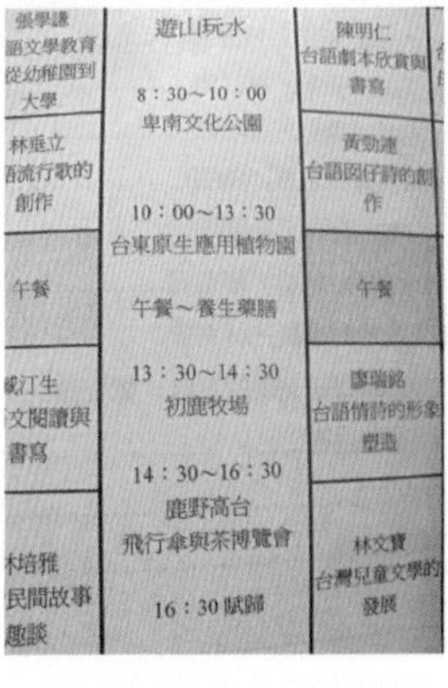

他說既然都來到台東了，就和他們一起參加隔天的台東一日遊活動。

開始當臨時小助理前，我先到林老師的房間幫忙拿資料和吉他，他還順便教了我一些按封閉和弦的技巧。聽師母說，每次當老師有靈感在做歌時，就算是半夜也會被叫起來當第一位聽眾！他們兩個彼此感情很好，對人也不錯，聊

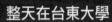

天不時都會有一兩句是對我的叮嚀與囑咐。我發現，小時候辛苦的人長大總是會特別懂得知足惜福，就像林老師夫

陽光燦爛的台東大學

【蔡慧蓉／攝影】

校區裡面沒有一般學生們活蹦亂跳的影子，而是陽光直射地板的熱情與光芒，又是新的一天了！我的第四天旅程！

婦，即使現在事業有成，卻一點也沒有傲氣逼人的感覺，反而還更親切、更平易近人。如果當初我爸媽沒有在我剛出生時就離婚，如果小時候我沒有一直被迫要跟親人分開，如果我沒有住過鄉下沒有野過，我想現在的我也不會是這個我。如果，以後我有了小孩，我也會希望他能夠在小時候就多面對一些困難與挫折，即使我會捨不得，但這樣他長大才會知足惜福。

今天大學裡面沒有一般學生們活蹦亂跳的影子，卻有著陽光直射地板的熱情與光芒，又是新的一天了！我的第四天旅程！

這間教室裡的人也全都是老師，想不到我放暑假還得跟那麼多的老師爲伍，還好他們不是來教我鄉土或台語的，不然我一定又會上課睡著！我可是標準的上課一條蟲、下課一條龍呢！但是要是遇到我有興趣的人、事、物、課，我馬上就又會變成一顆勁量電池！人生就是這樣，遇到自己喜歡的才會精神百倍，但是遇到自己不喜歡的，就會有一堆藉口和怨嘆。所以呀，千萬不要爲了生活而生活，這樣對你的生命一點意義也沒有，明白你自己想要的，才會獲得眞正的快樂。

想厝的心情

作詞：林垂立　作曲：林垂立

寒冷的冬天孤單路燈，半阮出外寂寞心情，看人的厝裡溫暖的家庭，怎樣阮是無人疼惜阮。

#這時陣煞來鼻頭酸，目屎忍不住滴落胸前，故鄉的厝内媽媽的交待，阮是思念伊對阮的愛。

林老師和大家講著他從以前一路走來的故事，還唱著一個人在外打拚時心情的歌曲。

唱著其他歌曲時他數度哽咽，或許這是一段辛酸路程吧，從不知名的小人物要慢慢走上舞台成爲家喻戶曉的人，一路上有多少風雨要度過，更何況，一般大家聽歌通常都只會注意到「是誰唱的歌」，很少有外行人會主動去在意「是誰做的詞曲」，每首歌都是一個靈魂一個情境，它們都是在各種情緒與狀況下被創造出來，當我們聽到有同感的歌時，可以想見當時那個製作人的心情是我們好幾倍開心或者難過的。

說著說著他突然介紹起我來了，說我們是怎麼在路上遇到，我又怎麼攔到他的車，還有他一開始以爲我是推銷產品的人等等，講到我打算要一個人搭便車環島時，第一次，我在一百多個教育者面前獲得只屬於我的掌聲，或許他們是爲我的勇氣與我對於夢想付諸行動這方面而拍手，但私底下卻仍會告訴我他們有多麼擔心這件事。

有時候，我覺得我是個很矛盾的人，我像老人一樣，在不管世俗社會與其他人的眼光下，讓自己很沉默安靜的享受著自己的世界；我像年輕人一樣，瘋狂的玩，在還沒有太多束縛與責任的環境下，讓自己想做什麼就做什麼；我像小孩子一樣，渴望著世界大同的來臨。常常我在想，有些事到底什麼是對的什麼是不對的，最後發現，一點都沒有正確的答案，因爲不管對或不對，都會有人出來反駁這個結論。

「最後十四堂星期二的課」裡有句令我印象很深刻的話：「我們的文化讓

人無法自知自識。你得要十分堅強，才有辦法拒絕這錯誤的文化。」從小我們就耳濡目染，讓週遭的人告訴你應該要怎麼成長，但是，卻偏偏忘記了要套上一些自己領悟出來的公式，因爲太在意了別人的觀點，而摒棄了自己的想法。

「不聽老人言吃虧在眼前」，這是千古以來大家就耳熟能詳的一句話，可是事實上，偏偏當這句話發揮魔力時，往往是在已經歷經滄桑後才會有所感觸。但我卻覺得，歷經那些滄桑是必要的，我討厭人家一直告訴我要幹麻或限制我做些什麼事，應該說，每個年輕人都是如此，就算鬧了家庭革命也還是要跌跌撞撞的拚命去走自己要的路，其實，這才是最好的成長。

每件事，都一定是自己有過經驗了，才會知道痛，然後等走過來了、年紀大了，就也變成了那些孩子們口中所謂碎碎念的大人，一天到晚告訴那些涉世未深的初生之犢什麼不可以、什麼不要，或者不准幹嘛，何必呢？我們自己都希望別人放手讓我們自己去做，那爲什麼輪到我們時卻還要緊緊的握住拳頭？

中午吃飯一樣跟著他們在餐廳用餐，記得裡面有位男老師說，他這輩子賺錢輸人、做生意輸人、功課也輸人，所以

他這幾年瘋狂的出國到處去玩，至少玩也要玩贏別人，雖然他這樣講沒錯，但怎麼覺得聽起來他的人生好像一點也不快樂，記得有個人跟我說過，「樂觀就是兩個重點：一是不計較，二是不比較」，因爲不和其他的人計較利益關係，所以不會有自私心，當然你快樂；因爲不和其他的人比較誰好誰壞，所以不會有得失心，當然你快樂。

就像念書。有的父母一天到晚都在強迫學生要念書念書，但是你去路上問一百個學生，一定最起碼有八十個學生會告訴你，因爲大人說念書很重要所以他們念書，可是他們卻不知道自己是爲了什麼在讀那些書。

大前年，我就是因爲這樣才從基隆女中辦休學，重考的時間裡，我拚命在打工，一方面存學費，一方面思考我要的是什麼，我不想要整天被逼著念我不喜歡的內容，所以我反覆的挑選了一堆科系，最後就選擇了北士商的商業經營科，至少我知道我以後想用生意頭腦賺錢。老實說，我覺得人的成長過程中，開始對自己人生有想法時，通常是在接觸過社會以後。

以前在我完全沒打過工之前，我的生活也跟一般學生差不多，喜歡逛街花錢，有事沒事就玩電腦看電視，再不然就打電話聊天。

但是打工之後，開始會對時間、對錢斤斤計較，少上一天班，不但沒賺到錢還要花錢。在職場上，多多少少難免也會看到人性的醜陋面，這時候才會發現社會有多現實，人跟人相處有多現實，最後自己對自己就有更多的想法出現。很多父母都不喜歡孩子去打工，怕會影響課業，但我們這些孩子如果沒有去試過，就只能一直被父母保護著，當著溫室裡的花瓶，可能到大學畢業都還在家裡當宅男宅女，因爲「不知道自己要幹麻」。至於課業，想念書的時候自己就會念了，不要用強迫的，不然思想變得八股、腦筋變得死板、生活變得無趣，體會到的人生永遠比別人少。

突然想起我們去知本路上是去買水果吃的……對了，你們新聞裡看到的小刀！就是報紙上看到的小刀！就是傳說中很重要的那把小刀！其實主要都是被我拿來切水果用的，是媒體把它形容得太誇張了，好像我沒有刀就甚麼都沒有了一樣，這眞是太誇張了啊……

後來林老師又幫我跟文學營的人講了一下。今晚，我睡的是四人房的學生宿舍，不過設備跟昨天差不多，也是有床板有冷氣有廁所，這樣我就很滿足了！只要有地方洗澡和過一夜，其他有沒有什麼根本不重要，因爲如果刻苦一點，要洗澡，隨便洗手台的水都可以用，就算睡在路邊也可以過一夜啊！反正天亮就是開始，即使今天遇到瓶頸走不到終點，還有明天可以走啊！

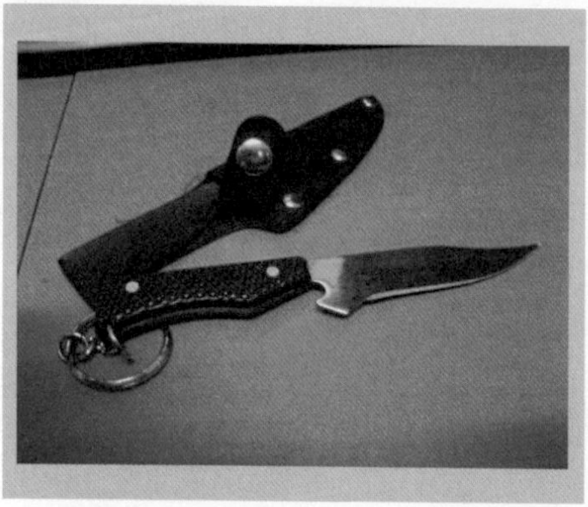

這天下午的我有點無聊，因爲都窩在台東大學裡面東走西晃，拿了蘋果日報全部看完，這天的頭條就是很驚動社會的漂亮女生被男朋友殺害還眼睛鼻子不見的新聞。雖然已經事情發生了我不能多說什麼，卻仍然對那女生的生命感到惋惜，聽說她之前就已經和警方報過案說男朋友會打她，但警方都沒有眞的認眞理會過這件事；就跟警方知道某地方有黑道份子在互相砍殺，也會等他們砍完才去收拾現場是一樣意思，「這就是現實世界」。

這個房間就是台東大學的宿舍

這個晚上，因爲林老師又跟學校方面打過招呼，所以我又睡在台東大學的宿舍中囉！今晚我有兩個室友，我們聊了很多關於人生的話題。

【記者蔡慧蓉／台東報導】看著看著因爲有點想休息，就睡了一下午覺，後來和我同寢室的兩個室友回來，整個很意外我會和她們同房。我和簡老師天南地北的聊了一個晚上，老實說聊的內容都滿深入的，還害她沒有去聽晚上的課眞不好意思，之後吳老師回來，三個人想拍合照，但沒有第四個人可以幫忙，所以就看兩位是老師也是媽媽的人，和我這位小朋友研究起自拍定時器，一下是相機一下是手機，就只爲了在這次的過程中留張紀念。

晚上九點多十點時，我去福利社買了一些食物，把牛奶拿去給林老師他們喝後，我就在福利社跟一個在那打工的女學生邊吃泡麵邊聊天，就這樣，我的第四天在台東大學裡面度過了，雖然沒有像前幾天那樣的旅行感，但我卻和裡面的教育者交流了許多。

誰說旅行就一定要天天都在旅行，旅行的目的是爲了經驗，旅行的目的也是爲了感受更多人生，我沒有很詳細的計畫我這趟遠門，因爲我不知道什麼時候會臨時決定什麼事，我只知道，我在用「心」重新認識這世界。

DAY5

出發時間：
2008年7月11日早上8點

台東大學

台東大學→卑南文化公園→南迴公路→屏東市→恆春

【記者蔡慧蓉/台東報導】這一天我很早就起床了，和同寢室的兩位老師一起來到餐廳吃早餐。哇！整個就都超合我口味的！一大早就清粥小菜！每次只要吃到這種清淡的食物，我就吃得好滿足好開心，好像打通了任督二脈，又好像回到古早人簡簡單單的生活，而且小時候爸爸還有阿嬤他們也都這樣煮，所以格外有一番感覺。

後來就浩浩蕩蕩的和整個文學營的人一起坐上遊覽車出遊去啦！我們的第一站是：卑南文化公園。下車之前領隊說裡面要走好一段路才能到紀念館，叫我們大家要有耐心，可是我這趟旅程已經有太多時候是在走路了，所以這一點小困難難不倒我啦！艷陽高照下，好多人都撐著傘，但是既然是旅行，我也就無畏陽光無畏雨囉！

區區一顆太陽不怕不怕。快快叫我青春陽光活力熱血美少女吧！

後來又跑去參觀植物應用園，我和林老師父妻倆的合照就像一家人，很巧的是，林老師跟我一樣屬馬，我們整整剛好差三輪呢！在一個陌生的異鄉，遇見真誠相待的人們，這是一件多麼珍貴的事啊！

地球有十三億人，台灣有兩千三百多萬人，上帝安排每個人遇見每個人，都一定是有什麼事發生在你們之間，或許是好的，或許是不好的，或許是一些你根本感覺不到的小事，但卻不能否認，世界這麼大、人口這麼多，你們真的就這麼遇見了。

這個植物園裡什麼都有，就像台灣，什麼都有。有時候我們羨幕著國外的生

自然生態美景

【蔡慧蓉/攝影】

參觀這種生態景點，當然有很多奇奇特特的東西。左邊這個就是蘭花寄宿在樹上的樣子，樹木本來是自給自足，過著自己的生活，但是，偶爾幫助一兩朵蘭花寄宿，並不影響原本的樣子！相較之下，現在我們生活都還過得去，卻往往不願意撥那一點兩點三點的愛心與金錢給週遭的人，連植物都懂得有福同享有難同當，為什麼人類做不到？我們明明知道其實我們可以去幫助別人，只是卻總是有「反正不差我一個」的心態，造成世界上有那麼多可憐的人。難道不懂，十三億人一口口水也可以填滿好幾百個游泳池嗎？很多時候，你應該要告訴自己「其實就差我這一個」，自然就會又是完全不同的想法和結果了！

活，相對的，他們也在羨慕著我們台灣的生活，我們一年有不同的春夏秋冬，有高山也有海岸，有繁華到不行的台北也有懷舊到不行的墾丁，開個車最快一天就可以繞台灣一圈，騎個腳踏車最快也可以一個星期就繞台灣一圈，簡簡單單的一個島嶼，說大不大說小不小，不需要像國外那樣環個島要一兩個月、也不需要像澎湖蘭嶼幾個小時就結束。該有的，台灣通通都有了，就像「海角七號」，這正是我們從小生活到大的環境與文化啊！麻雀雖小，五臟俱全。

我們的午餐在植物園裡的餐廳享受了養生餐，名產區有好多試喝的東西，何首烏、成長帖好好喝又好補，可惜我已經發育完了，喝那個沒效了啦！旁邊還有排灣族的女生駐唱給大家聽，記得那時候她唱了一首歌「十八歲」，雖然聽不懂歌詞，但卻不知道爲什麼觸動了內心。小時候生日，都只是想著收卡片收禮物，但從前幾年開始，突然體認到

勇敢的原住民

【蔡慧蓉／攝影】

看看原住民多勇敢，都是這樣拔牙齒的耶！以前小時候牙齒快掉，我爸爸都會問我要不要幫我，一邊綁在牙上一邊綁在門上，等門關起來的時候，就是牙齒再見的時候啦！不過說實在的，要是牙醫這樣幫我拔牙齒，我一定想揍得他滿地找牙。

生日是自己該給自己一個紀念，好好想著這一年裡你成長了多少、哪裡變得不同，像十七歲生日我給自己的禮物就是去捐血。

當然，十八歲這個重要年紀的禮物更不能小覷，我做了很多以前就想做的事：高空彈跳、戰鬥營、溯溪泛舟、搭便車環島、考汽機車駕照等等等，還有暑假我想要一個人出國去澳洲打工度假。或許很多人都覺得我又要休學很浪費時間，不不不，我可不這麼認爲！我選擇我要的，而且我知道一年後的我會更大大的不同。有熱血就該把握當下，

四 眼睛睜不開

【蔡慧蓉／攝影】

我很努力的想和魚池裡的魚兒們自拍，可是太陽太大了眼睛睜不開，還被旁邊的老師問說：「你是李炳輝的女兒嗎？」

因為有天你一定會因為拖太久而放棄，那你就只能永遠安安逸逸的過著和現在一樣的日子。

後來我們又跑去了初鹿牧場看牛、看馬、玩牧草。老實說，我總覺得人類總是為了自己的利益，犧牲掉其他的生命，或者控制著那些生命，卻從來沒想過他們的感受。

就像牧場裡面的這些馬，你覺得牠們快樂嗎？當你坐在牠身上的時候，你自己當然覺得快樂，但牠卻未必，牠的兩邊眼睛都被擋住，牠永遠只能向前看，永遠只能被人類牽著走，沒人乘坐時就被綁在樹邊，有人乘坐時也只能慢慢的小步走，牠不能跑不能跳不能叫不能笑，為的是什麼？為的是討我們這些人類開心。

鳳梨長這樣

【蔡慧蓉／攝影】

這就是鳳梨！鳳梨就是這樣長的！現在的人很少可以這麼親近大自然了，記得上次不知道誰跟我說，說葡萄長在土裡、說西瓜長在樹上，我只跟他說：「你的腦袋長在地板上！」愈來愈多我們所謂的常識大概只能在課本裡面讀到，卻不能實際體驗到，或許再過幾世紀，人們根本連蛋豆魚肉打哪來的都不知道了。

就是想玩飛行傘

【蔡慧蓉／攝影】

鹿野高台有人在跳飛行傘耶！那時候看一個女生跑了五次還跳不出去，工作人員應該都無奈了吧！搞得我也好想去玩玩看。

以前的馬可以開開心心的在荒野裡狂奔、現在的馬只能成爲階下囚任人宰割，有人爲牠們想過嗎？

鹿野高台可玩飛行傘！

在十七歲這年我玩過高空彈跳之後，下一個目標就是想玩飛行傘，聽說氣流不錯的話還可以飛上一個小時耶！做這

行的眞好康！自己喜歡玩還順便多帶一個人上去就有錢賺，整個酷斃了。

話說去到澳洲我還一定要去嘗試高空跳傘！畢竟年輕能有幾次，心臟強能有幾年啊。

從這一片看下去通通都是草原，好壯觀的畫面，原來台灣也有這麼美的地方，可是內心不自覺又開始酸酸的了，因爲台東之旅結束了，才剛認識的新朋友就又要再分開。好像找到了一點歸屬感，卻馬上又要脫離。但這都只是小case，去了澳洲的話，不時就都要和一起打拚且來自世界各地的人分分合合，這種感覺會更捨不得吧！

遊覽車停在台九線時，下車的那一刻，我深深的向車上的每一位老師鞠了躬，他們也用掌聲與祝福送我下車。

生命中，遇到的每個人都是緣分，遇到他們也是一種巧合，有的人或許一輩子也只會遇見這麼一次，就像好不容易交叉到的兩條直線，往後卻是愈走距離愈遠。此時已經傍晚四五點了，台東大概也就這些地方了吧，於是我攔了一台連結車，打算直達屏東去。不過，今天才星期五耶，所以我打算到屏東就玩個兩天吧！

這台連結車有兩個人 左邊叫大雄右邊叫小叮噹

他們人真的很好， 我們應該要對人多一點信任才是，鄉下人反而比都市人都來得更純樸更重感情呢！

【記者蔡慧蓉／台東報導】哈哈哈！這兩個綽號是我取的喔！雖然他們兩個第一眼看起來很像壞人，害我在他們中途聯結車在加水時，有種想找藉口換車逃跑的衝動，但是和他們幾句對話下來，發現其實他們人眞的很好，而且我們眞的應該要對人多一點信任才是，鄉下人反而比都市人都來的更純樸更重感情呢！這種人對朋友才是最兄弟最麻吉最可靠的。

我們從南迴公路往屏東走，他們要到屏東市，而我要到最南邊，所以我就在中間點和他們解散了，記得一路上走南迴好暗又曲折，我還在車子裡小睡了一下，中途尿急沒有廁所，還把卡車停在路邊，我躲在很遠的路邊趕快上，心中還不時擔心會不會有阿飄出現。

楓港下車，好偏僻的地方，雖然有人，但是好少。跟好幾個人借宿都失敗後，我竟然在路上走著走著哭了起來，晚上嘛，最容易抒發情感的時間呢！想想出來流浪也有五六天了，不知不覺都來到屏東了，即使想家卻又得堅持下去，擦掉眼淚，我鼓勵著自己還有一半的路程要加油。

後來旁邊突然出現一台摩托車，一直問我要去哪，我走幾步他就騎多遠，天啊嚇都嚇死我了！還在心中想說他要是突然從後面抓住我，要怎麼把他過肩摔然後重創他。他說他可以載我，如果要去遠一點他可以先去加油再帶我到要去的地方，可是都已經晚上八九點了我能去哪！我只想趕快過夜趕快天亮啊！但是面對他突如其來的熱情卻讓我有種受寵若驚的感覺，我不斷的婉拒他，還唬他說我朋友住附近，馬上就來接我了，謝謝他的好意。或許，他是發自內心的想幫我也說不定，不過，就是一種第六感不想和他走，sorry sorry啦。

所以，誰說我都很幸運？這一路上我被多少車子拒絕過、被多少人用異樣眼光看過、遇到了多少從沒接觸過的事、碰到了多少個看似危險的情況？有些人看別人過得好，就認爲他幸運。就像看到有錢人就說他很幸運，天生就有錢；看到成功人士凱旋歸來也說他幸運，以爲他平步青雲；看到人家從雲霄飛車下來也說他幸運，因爲沒有像「絕命終結站」那樣脫軌掉下來……其實並不是什麼都是那麼的幸運，「一件事情的好壞全看你怎麼想」，如果我是個悲觀的人，或許就會覺得「好倒霉怎麼一直被拒絕」，或是「都沒遇到名車跑車」之類的，但我就是天生喜歡順其自然，拒絕我就算了，又不是沒有下一台車，至於什麼車，能順路載我的都好，幹嘛要計較那麼多想那麼多呢？

只要我沒睡在路邊被蚊子叮就是好的，就算只能在人家客廳打地鋪也是快樂的！這是一種簡單的滿足，「知足、惜福」四個字原來這麼受用。

說實在我真的很不喜歡天黑還攔車，我好怕人家看我長髮飄逸就以為是女鬼。

萬一嚇到人，不但沒有停車載我還因爲太緊張往我這邊撞，這可就不好了。此時已經九點多了，攔了好一陣子終於有車停了，這輛車裡是一個男人，要回恆春找他老婆。太棒了！恆春耶！是個市區！總之趕快帶我離開這讓我覺得既陌生又可怕的楓港吧！於是我就在這樣繼續往南邊走了！雖然很想跟他借住他家一晚，不過他在路上載一個女孩子已經夠奇怪了，還帶她回家，我想他老婆要是不理性的話，八成會跟他馬上簽離婚證書，那我可就成了千古罪人了！最後我就在市區警局前下車了，他給了我一張名片，說萬一眞的沒地方住再打給他。突然發現，一路上我還眞收集了不少各行各業的名片呢！好像我生意做很大似的！

晚上十點的恆春陸陸續續人愈來愈少了，還在想著最糟的情況大不了去睡警局囉！可是我還是抱著最後一線希望在路上逛，好不容易看到一間冰店的阿姨要收店了，我鼓起勇氣帶著漁夫帽一身旅行者的走過去問她可不可以借住一晚，她熱情的招待我坐下休息一下，本以爲找到落腳處了，但她說她那邊是店面晚上不能住耶。

但是，「她有開民宿！」（聽到這句我眼睛都亮了，不會這麼幸運就讓我住到民宿了吧！）可惜今天生意比較好都客滿了。不過！她朋友在隔壁附近有一間民宿，應該還有空房間！我整個超開心的！雖然今晚在楓港憂鬱了一下，但是其實好多事情，眞的是熬過了就會看見春天了！走到那間民宿時，看阿姨跟老闆娘講了一下話，她就很阿莎力的拿了一把套房的鑰匙給我，我從沒妄想過這趟旅程我會住到民宿裡，但一切卻就這樣莫名其妙的發生了。

這一晚，我睡得好舒適，有冷氣、有電視、有溫暖的床、有廁所，該有的都有！當然我睡前也有去和那兩位阿姨小聊一下啦！畢竟因爲她們的熱情幫助，我今天才得以在這過夜。

別再說台灣壞人好多，因爲再怎麼多也看你是怎麼去面對，人不一定要生來聰明，但是臨時的危機處理意識卻很重要，一天到晚擔心還沒發生的事沒有用，「船到橋頭自然直」這句話不是沒根據的！碰到問題，不是逃避，而是面對它，不然就會一直纏著你。當下遇到什麼事，就做什麼打算，杞人憂天只會讓你更煩惱每一分每一秒。

打工過生活

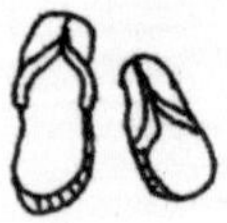

如果有人問起我，打工對我的人生有沒有什麼影響，我會毫不猶豫的大力點頭。雖然我年紀輕輕，但工作的經驗卻相當豐富，賣花、賣麵包、賣衣服、飲料店、咖啡店、加油站、補習班等……其中最長的做了兩三年，最短的只做了兩三天。我是個工作狂，喜歡讓自己總是處在忙碌的狀態下，然後心裡想著這個月又可以存多少錢，或者下個月薪水打算要幹麻，最後再從忙裡偷閒享受一切，這就是我的生活。

打工要面臨的不只是各式各樣的客人，還有同事間的相處，甚至是公司的各種制度，這些東西全都是在學校學不到的東西，學校教我們的是整理過的資料、社會教我們的是自己去整理資料，理所當然後者容易被吸收。可是，如果我們沒有整理過資料，怎麼會知道那些別人整理出來的東西有多可貴？這就是現代人最普遍的問題：只是得到卻不知道怎麼付出，當然也延伸了最關鍵的問題：好像隨時都有人會幫你打理好一切。

記得國一那年的過年，清晨我到菜市場幫朋友的媽媽賣花，那時候腦子想的不是可以領多少錢，只覺得一切都是這麼的新鮮好玩，當我賣力的叫賣時、當我看著籃子裡的花一束一束減少時、當我看見大人眼中稱讚的表情時，就好有成就感。三天結束後，老闆娘還私底下多塞了五百塊錢給我。才發現，其實只要比別人多努力一些、多做一些，錢並沒有很難賺。

直到現在的工作——青蛙ㄉㄨㄞ奶，這一做竟然就待了一年半，從原本在基隆女中時唸書做假日工讀，到後來休學期間變正職，每天瘋狂的上班和加班，一個月薪水甚至到三萬五。我們老闆只是個開南商工畢業的人，卻一再創業成功，他從不吝嗇和我們分享每一個過程，甚至比好朋友還要好，他也常以過來人的經驗糾正我們、給我們建議。雖然這一段日子，偶爾碰上員工吵架或意見不合，還有和初戀的分分合合，當然也摻雜了老闆和員工、員工和老闆的問題，但每一次，我們大家都會一起解決問題，就像一個大家庭，很多人在這間店裡和同事都比和家人還熟呢。

工作總是如此的，你付出多少就也得到多少，每段時間都有不同的驚奇在發生，從菜鳥到老鳥、從製造問題到解決問題。

不知道是我太樂觀還是眞的太幸運，我總覺得這輩子出現在我身邊的貴人實在太多了，每一個影響過我的，即使他只是個路人，都算是我人生中的恩人。因爲感謝不完，所以只好謝天了，也許未來的路還是會出現很多很多的角色，但這就是人生啊！不是得到就是學到（古人說的話，眞的都是有智慧的）。

打工嘛，就等於是出了一半的社會。

當你面對著各種不同的人，就會開始自省：「爲什麼會不一樣？」想想當我們在是學生時，有多少人是和你不同的，出社會後就也會有多少比例的人和你不同。而那些人當然也包括了不愛動頭腦的、不愛學習的，或聰明絕頂的、古靈精怪的。

有過工作經驗之後，要嘛就是會覺得學歷很重要，要嘛就是會覺得學歷不需要。

而我，是比較偏向後者的——反正經驗會讓你永遠來得及唸書。

DAY6

出發時間：
2008年7月12日早上9點
恆春的民宿

恆春→滿州→佳樂水→鵝鑾鼻→九如

【記者蔡慧蓉/恆春報導】這天，艷陽高照，紫外線毫不留情的穿透進我的皮膚。要退房時，畢竟是人家好心讓我借住一晚，我當然要把它弄得原封不動般還人家呀！拖鞋、遙控、棉被，通通各就各位，連垃圾也帶出去丟，整個就跟新的一樣了！今天的目標是要到台灣的最南端——鵝鑾鼻！可是太陽好大好大喔，整個只能用汗流浹背來形容，過恆春搞得跟過沙漠一樣艱辛。不過，才剛出發不久時，我就看到了一個很特別的東西。

起初還以爲爲什麼要蓋一座城，然後用竿子撐到上面去啊？後來才知道那就是傳說中的「孤棚」，恆春搶孤活動，每三年一科，於農曆七月十五日中元

節，由爐主負責在古城東門旁舉辦，是以人象徵鬼魂的方式，搶孤者須攀爬孤柱，翻上十二公尺高的孤棚，取得孤棚上的貢品與順風旗，以表達普渡孤魂、慎終追遠的涵意。而且恆春古城保留的比台北城完整很多，連部分城牆也都有留下來呢！

往滿州方向時，看到地圖上這個地名，我還真以為我要直接越洋到大陸了，哈哈哈！不過，它跟「永靖」一樣，都只是屏東的一個小地名而已！

屏東這個地方，人們很聰明，因爲風大大，所以都不太種什麼蔬菜水果，反倒是牧草很多。一大片看過去，就好像卡通裡的大草原，再加上藍天白雲的點綴，真是賞心悅目極了！不是有句話說風吹草低見牛羊嗎？怎麼沒有一群牛或一群羊還是一群人在裡面裸奔啊？

走了一段路，上了一部Mazda的車。是一個年輕的姊姊要去找她以前同學，驚訝的是她那位同學的家裡頭居然還有吊床耶！

然後她帶我邊開車邊繞、順便介紹當地景物，而且還很熱心的以「在地人免費」的身分，讓我偷渡進到佳樂水呢！

她們離去後，我開始逛起這個地方，本來在裡面如果有憑票根，就可以免費搭接駁車載到更裡面的地方去看，可是我是被偷渡進去的耶！該怎麼辦呢？

於是，我鼓起勇氣去跟那個阿伯說：

「司機司機，我可以上車嗎？」

「啊你的票勒？」阿伯對著後照鏡看我一下。

「我剛剛是和在地人一起進來的，所以沒買票耶……」

好久不見的吊床

【蔡慧蓉／攝影】

記得小時候住鄉下都很羨慕朋友家有這種東西，下午可以躺在上面享受涼風溫柔的吹拂，有次還很皮的躺上去一直轉轉轉把自己包起來，結果還因爲出不來大哭……應該這麼說，小時候的我就有勇於嘗試冒險犯難的精神！

才講到這裡，眼見司機臉部表情抽搐了兩下，我趕緊說：

「不然沒關係啦！那我去買票！那我去買票！」

「免啦免啦免啦！」說完就擺出一付搭便車的招牌手勢叫我上車。

一路上還經過了什麼青蛙石、觀音石、雄陽石……旁邊這張就叫做處女石。我不得不佩服台灣人的想像力，旁邊有個小朋友還問他媽媽爲什麼要叫處女石？只見那媽媽愣了幾秒後不慌不忙的回答：「那……那是鞋子的名字啦！囡仔郎別問那麼多！」

不過，從佳樂水要回到台26線還眞是有夠遠，而且太陽還照得我都看不到自己影子！車子都是進場的多，出場的沒幾輛。直到有個送貨阿伯開進去不久又開出來，還被我大字型攔下，小聊一下才知道原來他也是當地人呀！是送一些海產過來給這邊餐廳的！往墾丁的路上，還看到了傳說中在這站上一年就會變沙人的風吹沙，爲什麼要叫風吹沙呢？因爲屏東十二月的落山風眞的很大很大！大到把沙灘的沙吹到半山腰來！而且還吹超過好一段距離呢！所以這邊的地板可都是沙呢！超酷的吧！後來阿伯載我到接近鵝鑾鼻公園的地方他就回家了。

我繼續走呀走，沿路經過好多好多熱血的年輕人，還有好多吉普車呢！因爲暑假嘛！晴天嘛！假日嘛！年輕人當然多呀！可惜怎麼都沒有人要載我一程。

其實，我一直在想，爲什麼愈是年輕人愈不肯對人伸出援手？

這一趟旅程回來，幾乎沒幾輛是年輕人的車，有時候停紅燈時過去敲窗戶問，很多甚至連窗戶都不肯開，或者看也不看我一眼。是因爲在社會的耳濡目染下，覺得只要是陌生人就是壞人嗎？現在的年輕人，對陌生的環境中總是多了一份戒心少了一份熱情啊！即使現在是地球村、網路無遠弗屆，但是現實中人跟人的距離卻太遙遠。

最後終究還是一部家庭檔的車停下來，看著爸爸帶著小孩出門玩，眞爲他們感到幸福。

突然想起小學四年級和我爸住在后里的時候，有天他心血來潮跟我說，要帶我去馬拉灣和馬場走走，我開心到飛上天了！還一直懷疑這是我爸嗎？哪知，薑還是老的辣，他帶我到門口繞了一圈就回家了，他還不斷跟我說：「有沒有很開心！你不是一直很想來嗎！」

總之，我終於來到了傳說中的鵝鑾鼻公園，學生票才二十塊耶！好便宜！

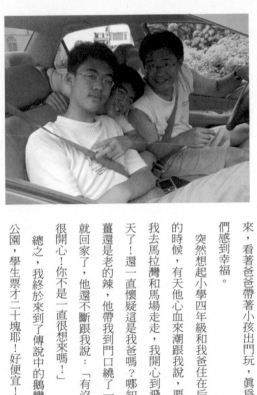

看到這，該是拉長你們的耳朵、睜大你們的眼睛的時刻！我要洩露我花費不到兩千塊的祕訣囉！

不買名產、不買紀念品、不買飲料，只要是帶在身上會很麻煩還變累贅的一律不買！其餘門票通常是不需要花到太多錢的，而且有時候搭到的便車剛好要去吃飯也會帶我一起去吃，所以又省了一些。不過我還是有自己原則的，該我自己付錢的也都會自掏腰包，自己去吃飯的時候我也不會叫老闆或路人請我一碗。因爲我相信，現在虧欠別人的，總

有一天還是要歸還的，假設你今天偷了別人的錢或東西，有一天你還是會不自覺就掉了同等的錢甚至更多，所以做人不可以占人家便宜，而且自己有能力，就該自己付出。

走在公園裡的時候，我很蠢的竟然迷路了，在裡面少說也繞了三四圈吧，才終於找到燈塔，這是我走了富貴角、三貂角燈塔之後，遇到唯一一座可以進去參觀的耶！還遇到從香港來的一家人，台灣人講話都是國台語，可是他們講話卻是港英語，父母爲了培養孩子，所以送孩子去念國際學校，現在的小孩眞幸福。但是，說不定他們覺得每天都在水深火熱，還覺得大人很煩也說不定。我大姊的小孩之前一週七天有六天都要補習，一下鋼琴一下小提琴、一下珠心算一下英語，在我看來很羨慕，因爲小時候沒有人這樣栽培我，但就他而言，看他每天才回到家又要出門拚命還眞是捨不得。

在燈塔外面的時候，有個小弟弟一直跟他媽媽喊著：「我要拍照我要拍照！」然後就拚了命的往前跑，眼看那媽媽拿著一台相機從燈塔前追到燈塔後跑得上氣不接下氣，我還眞懷疑弟弟是想拍照還是想報仇。

來到了台灣的最南邊，接下來的行程都是往北走了！終於有一種「我快要回台北了」的感覺。

公園外的馬路，應該有台北的承德路這麼寬吧！好幾次我都想停下來攔車，但我忽然看到好多台車靠著邊邊緩開來，心想怎麼大家突然變得這麼好心都要來載我……

結果他們是在找賽車場啦！明明新聞才報過有私人賽車場起火事件，可是卻還是有很多人要去玩，沿路經過至少有十家吧，讓我落空的車也有幾十台吧。

記得沿途無意間聽到後面有人在對話：「怎麼我們不用坐船啊？我還以為墾丁是離島耶！好失望喔！」

是因為現在的人真的太少出門了嗎？上次也有人跟我說，他以為石門水庫在台南……

麻煩大家一起喊：「是啊！」

【蔡慧蓉／攝影】

在眾人面前自拍還真是害羞，不過我也只是想讓鵝鑾鼻的牌子和我都要入鏡呀！而且這可是我最喜歡的一張照片呢！笑得超甜的呀！快回答我是呀是呀是呀。

雖然教育部認定的地理課本寫得都不錯，但那都只是書面上的啊！

很多路，都是自己走過才知道是怎麼一回事。

終於，走了好久好久好久，有忠孝東路走九遍這麼久吧，有人願意停車了！一車的年輕人，大家都在把握一輩子的精華玩樂時間呀！

我們五個人就這樣擠在一台小小的

金龜車裡面，到恆春吃「巷仔內十碗麵」，好特別的店名，而且眞的是在巷仔內呢！誇張的是，我們一人一碗共五碗，外加一盤綜合小菜，竟然要價八百一十塊！估計光那盤小菜就要四百多耶！

吃完麵後，我又回到了省道往北，才想說要多走一點路消化一下，就有台白色toyota開到旁邊停了下來。

看樣子應該是熱心人要載我一程！他們是一家人出遊，下一站要到屏東縣的九如鄉找一個以前當兵的朋友，一個皮蛋工廠的老闆，那位爸爸還說可以介紹我在裡面幫忙一天！哇，皮蛋工廠耶！想不到我竟然有機會可以順便參觀這種地方！我興奮極了！

和工廠老闆陳先生聊天時，我感受到濃濃的「一個人的態度會決定一個人的人生」，或許他以前從沒想過要接下父親的事業，但當他接下時，他想做的就不只是這些。同樣的東西有人做得成功、有人做得失敗，他只是一個高職機械科畢業的學生，也曾經徬徨猶豫過，

沒想到環島可以環進鴨蛋工廠

【蔡慧蓉/攝影】

這裡最令人印象深刻的非鴨蛋蛋捲莫屬了，這可是台灣目前唯一用鴨蛋製作的，吃起來和一般蛋捲非常不同，有很特別的香味和口感！主要是賣到海外，所以台灣市場看不太到！

左邊這張照片是把發酵好的皮蛋裝在盒子裡送到機器包裝，看大家熟能生巧的動作俐落有致，超有效率的呀！

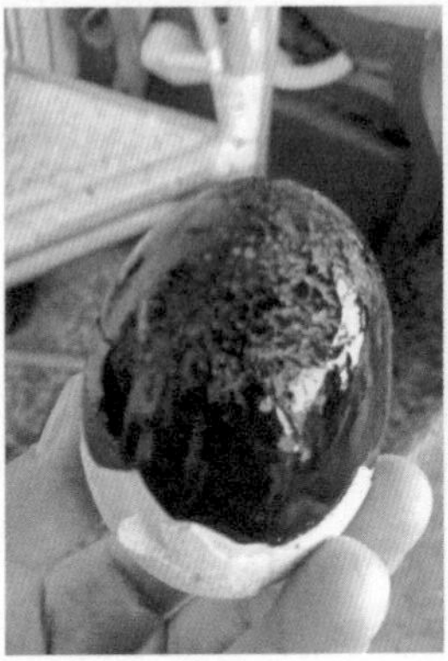

他們皮蛋有個更神奇的地方，就是剝開後上面會有松花的圖案，起初陳先生講得神祕兮兮，我還以為眞有什麼天大神功，原來是在他們嚴格的控管下，照著一定的程序，松花就會自己在皮蛋上面顯現，無心插柳柳成蔭的成果眞是不容小覷。每顆蛋都這麼完美，你就知道良心生意眞的不是在做假的了！

後來他把機器和產品不斷改良再改良，爲了外銷到更多的國家，他申請了各種認證，到現在台灣有70％的皮蛋和鹹蛋，不管是內售還是外銷，都是他們工廠出來的，他有很多自己的想法、理念和原則，但仍舊堅持過著腳踏實地的生活，只做良心生意。

我很喜歡這種人，很多在鄉下長大的人就是有這種純樸、老實和知足惜福，不像很多奸商爲了賺錢而不擇手段，即使會危害到別人的生命健康也無所謂。

在屏東的這一晚 我就留在這過夜了

我還跟大家拍了大合照，可惜晚上用閃光燈拍的所以質感比較差，不過，這一切都是很奇妙的緣分。

【記者蔡慧蓉／九如報導】如果那家庭沒有主動停下車來等我，或許我就沒有機會來到九如鄉，也沒有機會參觀到工廠，更沒有機會了解一位默默在爲台灣付出的大人物……

陳先生有兩個女兒一個兒子，女兒都跟我差不多大。

這晚住在他們家，老實說我第一次體驗用洗衣板洗衣服的感覺，之前了不起就是在地上搓洗，在這種洗手台洗衣服的我還眞像家庭主婦！哈哈！愈來愈吃苦耐勞都可以嫁人了！

不過還是老話一句啦，「愈簡單的生活愈快樂」！

我喜歡他們的生活模式、喜歡他們家的人、喜歡他們家的個性、喜歡鄉下人的熱情、喜歡這一路上發生過的事、喜歡這一路上遇到的人，還有喜歡隨遇而安的自己。

一個成功的人，通常都是一直一直在默默付出的人，即使別人覺得他足以退出江湖了，他仍舊在做自己的事情，以求讓自己進步。反而在電視上，大家總是會看到很多「好像很成功的人」，或許他們眞的有一段過人之處，但他們卻停止在此，然後不斷的出現在大眾面

前，告訴大家他有多厲害是怎麼走過來，當然他們的努力仍然是不可忽視的，但是，他們卻也可能會因爲暫時的

虛榮心忘了該繼續前進的眞理。

常常我都和朋友聊到，不管是週遭的桌子、電腦、螢幕、喇叭、滑鼠、衛生紙、筆記本、皮包、地板等等等等，這些全都是人類自己做出來的。每一個東西都需要人力，每一樣產品都需要人才，能不能成爲那方面的佼佼者，就看你有沒有像陳先生那樣「我想要做更多」的心態了。

認眞面對自己，設法找出那小小美妙的夢。

照著你要的走，或許開心、或許難過、或許萬事順利、或許流年不利，誰會知道啊？

不過，就像大家常說的：「當你眞心渴望某樣東西時，整個宇宙都會聯合幫你完成。」

也許，再過個幾年我得了乳癌或子宮頸癌一堆病；也許，再過個幾年突然結了婚生了子；也許，再過個幾年流浪在街頭當拾荒人，誰知道呢？但那都只是「也許」，有些事改變的了就去控制，改變不了的就接受，接受你所遇到的、拒絕你不想要的、相信你所決定的、忘記你所發生的。

這不過是場人生，鑰匙已經在我們手上，去開哪扇門都無所謂，但凡事都要問心無愧於自己，這樣就什麼都好了。

DAY7

出發時間：
2008年7月13日早上9點

九如陳先生家

九如→屏東市

【記者蔡慧蓉/屏東報導】不知道是前一晚喝太多水還是怎樣，半夜我一直爬起來上廁所，想不到就這樣過了一個星期，我也來到了屏東。

起床時弟弟已經買好早餐一起吃，我又和皮蛋老闆聊了起來，才知道原來政大有個開給領導人的課程，就是給各行各業的龍頭去上的課，我覺得這個方法很好呀！就拿我一些同學來說，很多雖然念商，但根本不知道其所以然，只知道死背應付考試，反而我因爲比較有接觸過這方面的東西，所以在經濟學這方面都比較能夠理解應用。這些都讓我深深的覺得，很多事情有經驗之後才去學習反而是更有效果，就像陳先生有了當老闆的經驗後再去上領導人的相關課程，第一學得有興趣、第二也可以馬上理解應用。

但這就是台灣的教育方式，在學生還懵懂未知時，就灌輸他們一堆前輩留下來的精髓，最後他們還是不知道爲什麼，只是在未來偶爾遇到相關方面的東西，回想起「當初學校好像有教過……」如此罷了。

一個後天有能力的人或許很有自己的作法，但是就是需要這種課程讓他們在體驗過了解更多，以及相關的法律和管

道之類的。學歷高不高不重要，就算不高也可以自學呀，因爲當你有了一套自己賺錢的方法，再去了解其餘細節反而學得更快呢！

下午，我和皮蛋老闆的兩個女兒一起去參加他們的國中同學會，哇，我都好像變成他們家的一份子了！

我們就一群人騎著腳踏車飛奔過一個又一個的田野，鄉下的感覺眞好，以前國小還住在雲林的時候，我也是每天騎腳踏車來回兩個小時去市區上學的耶！所以我現在的小腿很瘦！哈哈！這可是我全身唯一感到驕傲的地方呢！現在到處都有人騎腳踏車在環島，我想那些人也能感受到吧，騎在市區和騎在鄉村的感覺，有著大大的差異，心靈上的鬆懈度也不同，大家都在追求自己所嚮往的那一份享受。

似乎，隨著年齡與壓力的增長，心，會更渴望大自然的懷抱，反而是小時候那種只想要在遊樂場裡度過的天眞，早已被取代。

在鄉村，望眼過去不會有水泥叢林擋住你的視線、不會有高聳的一〇一站在你前方搶鏡頭，更不會有一堆車按喇叭的聲響和其他東西來來去去的噪音，留在耳朵裡的，是田邊機器打水的聲音、是我們一群人騎著節能減碳的腳踏車咖咖聲音，是大家聊到什麼話題一起歡笑的聲音，在這種感覺下，覺得能來到這世上眞的很美好。

旅行在外的我，還眞有點像離家出走的孩子。

張韶涵有句歌詞：「小時候想長大，逃離不懂我的家，要翅膀自己長，不用誰決定方向。」「家人」是一種很奇妙的東西，因爲只有家人才會吵架過後還無條件的原諒你，不管是誰，小時候被罵被打的時候，一定都曾經有過想要離家出走的念頭，又或者想「我怎麼會生在這種家庭」？但是如果要在你面前殺了你家人，你一定還是會哭天喊地的說不要。

家人之間就是這種革命情感！明明心裡恨得牙癢癢，可是又很矛盾的想互相愛護、保護，每個人都有一個屬於自己的成長階段，不管是好是壞，都是一種過程。

有的人總是覺得自己是單親或者隔代教養等等的，就藉酒裝瘋使壞，那都是個人的心態吧，我也是單親，小時候就沒跟家人住在一起，是給褓姆帶大，後來還和奶奶在鄉下住了好幾年，當著野孩子一天到晚亂跑，還被鄰居說我以後一定是太妹。

不過，管他們去怎麼講，我還是我啊，並不會因爲大家覺得我怎麼樣就自暴自棄。

我現在不也活得好好的，而且快樂知足，因爲生命是我自己的，要什麼樣的

南台灣的招牌真的頗有特殊風味

【蔡慧蓉／攝影】

在遼闊的南台灣，不管是市區或者鄉間，我看到了許多風味特殊的招牌，有些眞的還滿新奇又讓人印象深刻！

生活都是自己選擇的。

或許小時候不懂事會怪罪家人，爲什麼要給我這樣的生長環境，常常好不容易見到爸爸或媽媽，馬上就又要分開，每天晚上躲在被子裡偷哭，但長大後卻是一種感激，就算讓我重新投胎一次我也要生在這樣的家庭，因爲那些過去，才讓現在的我這麼獨立。

其實這天下午我接到一通電話，我姊打來說小我一歲的姪女車禍，雖然很想直接去高雄看看她，可是還好已經要出院了。

說到我這姪女真的很辛苦，他是我二姊的大女兒，下面還有一個三歲的妹妹，她要唸書還要照顧妹妹，有時候我不懂我二姊在想什麼（她沒結婚），她常常跑去做慈濟做善事，但卻都沒有時間去找工作好好上班，常常姪女還會籌不出生活費或學費什麼的，爲什麼都自顧不暇了，還要去做慈濟呢？

後來，我們跑到一家叫「薰之園」的景觀餐廳吃飯，二三十個人排排坐好的感覺好可愛，不過真的讓我很羨慕他們班的同學畢業這麼久還是那麼團結。

有時候和朋友相約出去，可是常常日子都快到了，才又臨時有事情取消。

很多人都不懂得「講信用」這回事，信用是一個人在社會上很重要的立足點，說過的話就應該要去兌現，答應過別人的事就該做到，而不只是信口開河。我本身就很忌諱別人說出的話沒有做到，一次兩次三次，我會覺得這個人已經信用破產，然後減少和他的來往。

這是我選擇朋友的其中一種方法啦，因爲當一個人沒辦法對自己說過的話負責的時候，對任何事情同樣的也不會有責任感。

又要跟才認識的新朋友說再見

回到九如的街頭，剛下過雨的天空，又要離別剛認識的朋友。一路上遇見的人，總是帶給我希望、帶給我驚奇、也帶給我台灣人的溫暖。

【記者蔡慧蓉/九如報導】回到台三線上，因爲明天就要參加傘訓戰鬥營，哇！好期待！所以我得回到屏東市區去等待。

老實說，愈市區的地方，車愈難攔，愈往北也是，在人愈多的地方攔車，防禦心會更重，假設是台北人，在省道就比較有機會停車載一程，但是在北市看到有人揮手，大家心裡可能還以爲是瘋子或神經病吧。

我從九如走了好長一段路到比較沒那麼熱鬧的地方，終於舉起我的手。

好吧！其實我攔車也是會害羞的……但是心裡又會鼓起勇氣，「算了反正他只會記得有這麼一個人，但不會記得我是誰又或者長什麼樣子……」有時候這股衝動真的很重要，不管是面試、表演等等，就像我這次環島，大家只會記得好像有這麼一個女孩子、好像有這麼一件新聞，但是我走在路上，卻不會有人認得我的樣子或記得我是誰。所以有時候外在的眼光真的不需要那麼的在意，你該做想做的事情還是要做，管別人當下怎麼想，過幾秒就沒人會記得了。就大方表現自己吧，在群體中、在社會裡、在公開場合，只要放得開，收穫就會比別人多。

後來停了一台直達屏東市的車，真是幸運，今天只搭一輛便車就到達目的地。

車子裡面有四個人，看樣子都是虔誠的佛教徒，他們和我談到了因果輪迴、談到了神鬼傳奇，都是宗教方面的話題。老實講我這個人眞的沒有什麼信仰，像我媽就有點誇張，每次都說哪個神明叫我乖一點之類的，然後不時叫我去拜拜，可是我這個人就是有點鐵齒，不是親眼看到的、親身體驗的，沒辦法叫我信服，人的命本來就是自己的，發生了什麼事都是命運、都是機率呀！

所以我都會跟我媽說：「等我緣分到了、眞的遇見了，我就會去拜了！」

然後她都會擺一副想揍扁我的樣子，這時就只能走爲上策了啊！嘻嘻！

總之在這輛車上，散佈著很強烈的宗教味道，但是我一樣是笑笑的和他們聊，畢竟這是每個人自己的信仰呀！出來外面，本來就是要適應別人的生活，去欣賞、去感受、去體會、去聽別人的想法，有句話叫「入境隨俗」不是沒道理的，況且，怎麼可能會要求別人來順著我？那這趟旅行的學習意義不就跑掉了嗎？

不過他們人很好，當下馬上同意讓我在褓姆的家借住一天，是另一位男主人的透天厝，嚴格來講算倉庫。

她跟我很有緣喔！跟我小時候褓姆的名字一樣！她和弟弟睡在二樓，我睡在三樓，和那個褓姆說她的過去，她說她兄弟姊妹都覺得她生病很快就會死了，所以拚了命的在爭財產陷害她，好可怕的故事，好像電視裡的劇情，家人因爲錢而鬧得不愉快，可是現實中卻眞的就是有人會爲了錢不擇手段，所以她才會住在人家的倉庫裡，沒有電視、沒有冷氣、沒有熱水，就一張床，每天的生活就是幫人家照顧那個弟弟，一個月只有一萬塊，水費電費還要自己繳。聽得我都覺得心酸了，但我卻又無能爲力，這個世界上每天都有可憐的人、可悲的事情發生，我們沒辦法完全去改變或阻止，只能盡力別讓這些事情再重演，並且告訴自己我們已經很幸福了。

晚上因爲待在家裡眞的很無聊，我就騎著褓姆的腳踏車到附近逛逛，順便勘查地形，看一下隔天戰鬥營要在哪集合、屏東火車站在哪之類的，因爲有個朋友半夜會從台北坐車來，我們要一起參加戰鬥營，所以我得去接她，然後還跑去網咖用了一下電腦、書局看一下書，我的第七天就這麼悠哉的結束了。

中場休息——戰鬥營！

經過了這七天的東台灣之旅，感覺還眞是意猶未盡。

四月多在學校看到戰鬥營的簡章，我馬上調皮的挑了一個離台北最遠的地區報名——屏東傘訓戰鬥營。

在時間上本來一直擒不定。

是該先環島回來再下屏東參加？

還是先下屏東參加再開始環島？

這問題眞是困擾了我許久，最後，我決定就讓傘訓戰鬥營成爲我旅行的中繼站。

其實也沒有太繁複的過程，只是帶著同樣的行囊，走過了東台灣，然後順便在這戰鬥營停留五天四夜。

集合前一晚，我已來到屏東市區，並且寄宿在當地人家裡。

我的一位好朋友翊馨，當初和我一起報名戰鬥營的好夥伴，也半夜從台北坐統聯客運下來屏東，我騎著祼姆的腳踏車去接她。

不知不覺我們分開了這麼一段時間，而這一段時間我竟也平平安安的來到了屏東。

戰鬥營戰鬥營戰鬥營

【蔡慧蓉／攝影】

戰鬥營真的是一個很歡樂的活動。不論是攀岩、垂直下降、繩索下降、實彈射擊、野外求生、營火晚會，看起來都很耗體力，但在陽光下揮灑汗水真的是一件很痛快的事！

可惜的是，傘訓戰鬥營一結束她就直接先坐車回到台北。

她可不想和我一樣瘋狂，只留了一句：

「我在台北等你回來！」

哈哈，不過她可是我這趟旅程從頭到尾的最大支持者呢！

在戰鬥營中，來自台灣各地的學生，在這短短幾天裡相處融洽得和家人一樣。

就在第五天要結束之時，颱風來了，營區淹水了。

為了安全起見，我們被多留了一天。

這一天，就好像在渡假一樣，長官請我們吃麥當勞，大家在餐廳唱歌、看電影，也因爲這突如其來的行程讓大家的感情又更加緊密。

而對我這個流浪人而言，多留幾天都無所謂。

有所謂的是，好像才找到了家、習慣了營區生活，馬上就又要被放逐般離開。

說再見的時候，大家給我的不只是「有緣再見」，還加上了「一路平安順利」。

這趟旅程並不可怕也不艱難，只是隨時要和每一個經過身邊的人相識分離，這需要很大的勇氣。

接下來的西台灣之旅，就請你帶著你的行囊跟我繼續走吧！

DAY8

出發時間：
2008年7月19日早上7點

屏東戰鬥營營區

屏東市→高雄市

【記者蔡慧蓉／屏東報導】七月七日到七月十三日東岸環島，七月十四日到七月十八日傘訓戰鬥營。七月十九日，西岸環島要開始囉！

維持了快一星期的戰鬥營結束了，還因為卡玫基颱風的關係多留了一天，部隊在十九日早上在屏東火車站前放人，我的第八天旅程即將繼續前進。

這趟旅程我真的還滿隨興的，都是睡到自然醒（八九點吧），然後等心情好想出發的時候才繼續動作。

可是可是，這時才早上七點耶！我該去哪呢？我今天的目的只要到高雄就好了耶！還好一早在火車站那邊就遇見了剛放假的阿福（戰鬥營的團輔長），既然他是在地人，當然要帶我吃一些在地的東西啊！

所以他就載著我和翊馨去吃蒸肉圓了，口感還不錯，跟一般的炸肉圓差滿

多的，不過我又不吃肉，所以都只有咬一兩口剩下就交給她了。哈哈！

然後，翊馨決定棄我遠去先坐統聯回台北，這時的我只剩狂歡後的空虛，說實在過了一個星期的團體生活，又突然要一個人闖天下的感覺就像回到第一天要出發，既緊張又期待。但為了這個夢想、為了我的十七歲、為了這個青春無敵的暑假，再怎麼辛苦的難關我都要熬下去啦！

我們送翊馨下車後，阿福很好心的載了我往台一線的方向，還一路直接到高雄哩！雖然颱風剛過，可是天氣還是有些陰陰沉沉的。

因為現在才一大早，阿福這位大好人又已經直接載我到高雄縣，我說在旁邊下車就好，因為我想在這個地方慢慢散個步，雖然很怕突然下起大雨，不過還是向他表達謝意並目送他迴轉回去。

每當只有我一個人時，外在的影像倒映在我的眼裡，用一顆心去感受天氣、去感受社會的聲音、去感受時間的飛逝、去感受一路的過程，走著走著我又探討起我出發的目的……

藉著流浪，我找尋著我自己，把每一件看到的事，都假設如果是發生在我身

颱風過後驚險的高屏溪

【蔡慧容／攝影】

暴漲的高屏溪，光是在橋上看就覺得很怵目驚心，好像滾滾的黃河又在氾濫了，而且新聞還說溪旁尋獲一具被沖過來的屍體，唉……生命無常啊！（所以才要把握當下呀！）

上呢？我會怎麼做？

藉著流浪去思考我的未來在哪裡，把路途中遇見的職業，都假設如果是發生在我身上呢？我會怎麼去執行？

藉著流浪反省曾經我沒有珍惜過的人事物，把真實感受到的親情友情愛情，都假設如果是發生在我身上呢？我會怎麼去體諒？

就這樣，我又走了好遠好遠，一邊耗時間、一邊做運動、一邊看風景。

高雄人真好心，看到我一個人晃晃蕩蕩的在路邊背著行李散步，還是有人主動停下車問我要不要順路一程。（一定是我看起來太討喜了！哈哈！）

這次停車是一個騎機車中年的爸爸，他說他剛好要騎這條路到高雄火車站那邊去上課，反正因為是大白天，他又是騎機車，所以我就天不怕地不怕的上車了！（想當初我小時候超皮的耶！所以如果有緊急狀況，我還可以跳車呢！）一路上我們邊騎邊聊，本來想說跟他一起到高雄車站那邊，但是經過科學工藝博物館，我就臨時改變了決定。這就是一個人旅行的好處。

記得以前，博物館一定都是校外教學還是畢業旅行才會被強迫帶來的地方，但這次，竟然是我自己主動想要特地進去走走，才發現，這真的是一種成長的改變。

小時候還懵懂，學校要我們來我們就來，都不知道是來幹麻的，但是長大後，卻是自己告訴自己要多充實、多了解各方面的文化，就好像小時候不愛唸書或不聽話的人，長大後才會知道要回頭是岸。因爲你知道這麼做是好的，所以你叫自己去做，也讓你的孩子去做，但可惜你的小孩也不懂「爲什麼大人總是要我做些無聊的事情」？這就是一種循環啊！

當我們隨著年齡的增長、視野的開拓、社會的經驗，當我們開始分辨到底什麼是好、什麼是不好、什麼該做、什麼不該做，當我們明白那些「不聽老人言吃虧在眼前」的眞理，往往都是在自己已經一身狼狽歷經滄桑後，回過頭看那些以往的日子才體會錯過了多少青春年華和機會，然後我們便又把希望寄託在未來的孩子身上，但卻擔心他受傷跌倒難過，「又要馬兒好又要馬兒不吃草」，於是他就沿著我們安排好的路，一步一步的走。

嘖！沒想到背影還真蠢！

【蔡慧蓉／攝影】

科工館前的廣場空無一人，我把手機放在牆上定時自拍，原來路人看我的背影就像照片中那麼的蠢啊！哈哈哈！難怪變身回正常人後還沒有人認得出我！我要去演超級變變變了啦！

從以前大人對我們的要求、到自己長大的叛逆、到最後滿身風塵味的期待未來的孩子，結果什麼事都是等著看別人完成，卻沒有一樣是眞正自己所辦到，一輩子就這樣過了，這就是大部分人的一生啊。

我到3D劇場挑了一部電影，想說

一下要享受看看高科技的感覺，還花了一百二十塊買票，可惜挑錯片，內容都是給小小朋友看的那種，我差點看到睡著……

後來又買了七十塊的進館門票，才眞的走進去逛。裡面好大好大，行李有點重，把肩膀壓得很酸，但卻又不能棄它而行，只好繼續咬牙去參觀泡麵展、生

命展、電信展、航空展等等等等一堆展覽，印象很深刻的英國泡麵，做得好像我們台灣的七百西西飲料，吃的感覺會很不習慣吧？哈哈！

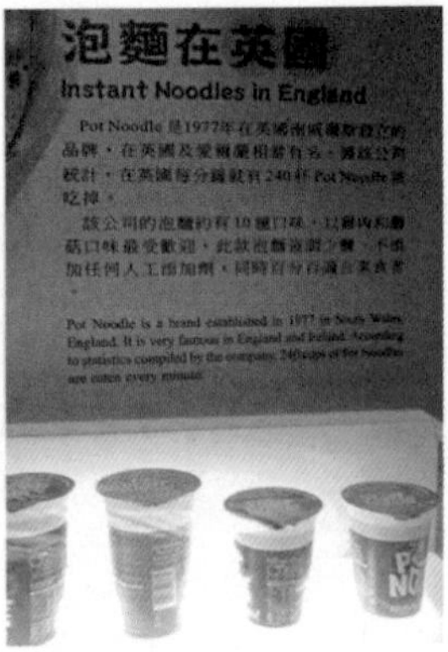

而且看完泡麵展旁邊還有個闖關活動，我因此賺到了兩包迷你科學麵呢！所以將就一點當作中餐就這樣過啦！

一個人逛博物館還眞的是頭一遭、一個人出來旅行也是頭一遭。

很孤單，看到很驚訝的東西不能夠馬上跟人分享、看到很奇妙的東西不能夠馬上跟朋友討論，累的時候，我就坐在走廊的椅子上，吃著科學麵想想回到台北的生活要怎麼過，會不會因爲流浪了半個多月忘記現實生存的感覺，而且爲了旅行我還辭掉打工，回到台北就像在渡假一樣吧，想幹嘛就幹嘛。

以前爲了打工而不斷忙碌的生活，讓我的時間不自覺的流逝，於是這次特地安排了一個暑假要好好讓自己休息、好好的玩，在這個年輕的回憶裡裝進一些能一輩子記得的事情。就這樣催眠一下自己、調適一下心情，我繼續往火車站出發。

問錯人？這次晃到高雄的後火車站囉！

沒想到在人煙稀少的鄉下都沒迷路，可是到了繁華的高雄市中心，卻找不到路啦！

【記者蔡慧蓉／高雄報導】到後車站的附近，在橋下還遇到了個很陽光的年輕人在停車，上前問問路順便藉機說說話……（哈哈！我並沒有要搭訕他的意思啦！）

「請問一下！車站這附近有什麼地方不錯逛的嗎？請問六和夜市的方向在哪邊呢？」

「站前補習街那邊比較熱鬧，六和夜市也在那附近。」

「那我要怎麼走到前車站，這邊好像沒有天橋？」

「喔！這個簡單啦！旁邊走過去，過地下道出來左轉一直直走，然後會看到一個很大的橋，再右轉就差不多了！」

聽完我都暈了。

好玩的復古郵筒

要下後火車地下道時看到很復古、很奇特的店，光是裝潢的郵筒就夠讓我傻眼了。「反共抗俄、殺朱拔毛」。

【蔡慧蓉／攝影】

時代愈先進，人就愈羨慕過去。復古風可是百年不敗呢！

「那個很大的橋是什麼橋？」

「就……很大的橋……」說完他還東張西望想要比給我看，可是他似乎沒找到那個橋。

「是天橋嗎？還是高架橋啊？」

「就……很大的橋。」他還是東張西望繼續找。

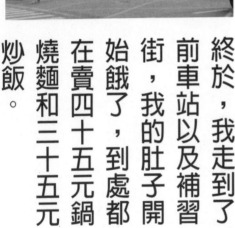

正當我打算要走的時候，突然間腦筋一閃……

「那個橋，該不會就是我們上面這個橋吧？」我說完，他的臉最起碼呆滯了三秒。

「對啦！就是這個橋！」

一問之下才知道原來他也是台北人，只是到南部來唸書，難怪一問三不知，還方向感錯亂，不過還是謝謝和他的對話，我才精神又好一些。

終於，我走到了前車站以及補習街，我的肚子開始餓了，到處都在賣四十五元鍋燒麵和三十五元炒飯。

雖然一樣都是賣給學生，但還是比台北便宜，附近還有市場在批發蛤蜊，眞的好多好多，看久了從新奇變成噁心，因爲都是一大袋一大袋比垃圾袋還大包的堆滿街道，眞不知道價錢怎麼算。

我挑了一家有冷氣的麵店坐下來吃午餐，還趁機借了一下插頭充電，不然沒電不能拍照又不能跟外界聯絡，我會心急如焚，哈哈！

這個曬死人不償命的下午，都因爲今天太早起害我滿身睡意，所以就跑去麥當勞偷懶小睡一下（其實很怕店員發現

我沒買東西要趕我走）。可是我還是很想抱怨耶！這間麥當勞眞的是我看過最糟糕的一間，不是我在誇張，垃圾桶爆滿，廁所髒又臭，沒有衛生紙，也沒有服務生巡邏檢查，我第一次對麥當勞的印象完全改觀了。

休息了兩三個小時，戰鬥營的阿達先生打來說他放假了耶！都難得來到這裡了，我當然不能放過一個免錢的在地導遊呀！拚命盧他叫他帶我好好逛逛高雄，職業軍人果然都很man又很阿沙力，一口就答應！

所以會面後我們去吃火鍋，經過捐血站他還硬被我拖去捐血，也不知道爲什麼，捐血一直是我很熱衷的事，每次捐完血就覺得好開心好開心，我還一直催眠他，「說不定有人就只差你的那袋血就可以活下來耶！要做善事要做善事！」結果我因當天血紅素太低不能捐，不過他有貢獻250西西的血啦！

之後，我們就騎車往旗津去，這邊的船好酷，可以連人帶車一起上船把你載到對岸，再放你下去自己亂跑呢！

高雄港的魅力、海風的吹拂、大海的廣闊，讓我眞的很有出來旅行的感覺。或許，這個地方就是民衆下午休閒的好去處吧，高雄VS.台北，兩個都是直轄市，都有國際機場，都是台灣很重要的重心。而我，正在努力的認識這個陌生的地帶。

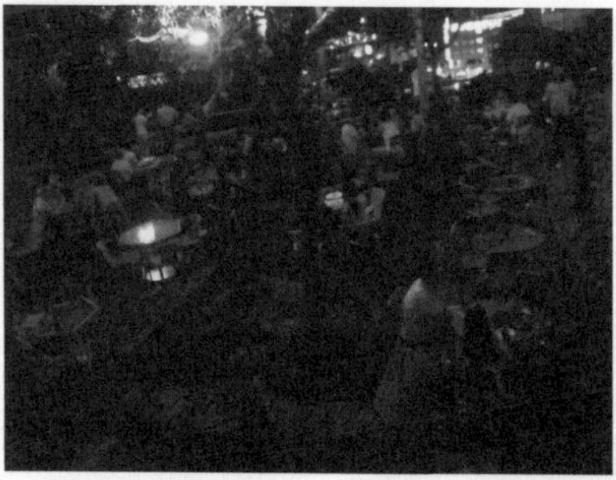

活著最快樂的事，就是充滿希望與目標，因爲不管你做什麼，腦子裡期待的就是那些未知的以後，有時候我們忙碌，只想著今天明天大後天，但是過了大後天呢？也許會回答「不知道，到時

坑洞算什麼？

【蔡慧蓉／攝影】

雖然馬路上到處都有坑洞與拒馬，但是只要你想過去，就算是汪洋大海也不怕被淹死或吃掉。

再說吧」，可是這句話一點也感覺不到對生命的熱忱。

人們總是以爲自己時間還很多，要做什麼以後都有得是機會，不過，就在一拖再拖的壞習慣中，你的生命之眼只有在快要死掉前才會打開，看過電影「一路玩到掛」的人應該也感受得到，人常常直到快死時才發現很多事情沒做……

人生能有幾次後悔呢？

有時候，我覺得自己好老，因爲有很多事情想去做，才發現時間根本不夠用，例如去一趟澳洲回來後就快二十歲了耶！以後我還要去更多的地方流浪，而每一次動輒就要一兩年，幾次下來，我就幾歲了？現在才出發眞的很晚了，覺得自己錯過了很多時間……但是既然不能重來，只好現在就開始。於是乎，那些感情啊、學業啊，就通通順位移到第二，因爲對我來說，這些都沒有夢想來得重要。

一件事不想做的理由可有上千種，但是要做的理由只會有一個，這就是我選擇的人生。

偶爾，我還是會告訴自己還很年輕，因爲只有自己認同自己還有歲月本錢時，才有第一股勇氣去計畫人生。而且相較之下，比起一般大人，我確確實實是年輕，這是我的優勢呀。

人生的道路上，難免感到孤單，因爲找不到一個和你一模一樣可以做同樣決定擁有同樣信念的人，我放得下身

段，即使是落魄到睡在路邊都無所謂，所以什麼都不怕。但是別人卻不一定可以，這就是畫地自限的源頭。常常也有人說，我是個女孩子，做什麼做什麼都不適合太危險，性別其實沒有太大的差別，唯一不同的是你怎麼解釋自己，就像是去旅行，女性背包客大多比男性背包客來得吃香，只要自身警覺夠、行為檢點，是不會有什麼太大危險的，而且一般人對女生也比較沒有戒心，所以就比較會主動幫忙與協助，光是這樣，就省去了不少麻煩，也更容易交到朋友，身為女性，這也是我的優勢呀。

到了旗津我們還買了很有名的番薯椪，真的好吃又便宜！還有淡淡的花生味！有在地人的加持介紹果然就不一樣，如果今天只有我一個人來可能就不會知道這地方了！所以以後出去旅行，要記得多和在地人混熟才能多了解一些在地的小祕密唷！

下午的風車公園，終於天氣變得陰涼，大家都在這沒有障礙的空間放風箏騎腳踏車，這就是有著生活壓力的人們告訴自己該解壓的方式。

只要試著打開心胸、拋掉煩惱、清空思緒去看待週遭的一切，就會發現世界真的很美。

晚餐時，剛好阿達先生他們大家庭要聚餐，我便和他們一起到了客家菜館吃飯。

想想這年代，已經很少會有人像這樣，經常有機會就親戚一起吃飯，我想再過個十幾年，後代子孫根本連自己的叔叔嬸嬸姑婆什麼的都不認識吧？因為大家都只把焦點放在自己的生活，卻忘了和家庭的相聚，也許老一輩的人走了，漸漸的，大家過年也不會回祖籍吃團圓飯了吧。

吃完飯，阿達先生帶我去高雄的文化中心，感覺這裡有點像中正紀念堂，但

打狗英國領事館

【蔡慧蓉／攝影】

這一天晚上，我跟著阿達先生去了神祕的打狗英國領事館，館內館外都很有情調。

卻更熱鬧多了！

還有中央公園的表演和設計，我直接聯想到了台北的二二八公園。如果，二二八公園也能規劃得像中央公園那麼好，我想一定會是台北人晚上的一個休閒好去處，那商機不可小覷啊！

本來很想坐坐高捷的，但是開通的路線好少，台北的悠遊卡也不能在高雄用，眞是失望，而且坐捷運的觀念在這似乎不怎麼普遍，相對的，台北人的生活卻已和捷運密不可分了。

不過，我還是覺得台灣眞好！聽說國外都市的捷運大部分都已老舊難修，還好台北的捷運還很年輕又舒適，至於高雄嘛，希望有天也能和台北一樣，大衆工具能深入人們的生活中，這樣既環保又能減少自己開車，也可避免溫室效應持續發展呢！

一路上還去參觀了愛河、西子灣、中山大學，還有很神祕的打狗英國領事

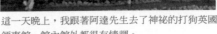

館，台北的夜景相對比起來，好像都沒有高雄規劃得這麼有情調。

有時候，我滿認同以前的制度，雖然血腥殘忍但卻有效率，不嚴厲一點的話，大家就都在鑽漏洞躲法律，但直接一點似乎又讓人沒有悔改機會。可是這卻突顯了人類的另一面，從原本日治時代的直接槍斃，那時候晚上睡覺不關門都不怕有小偷，但後來人們認為太暴力所以訂了新法律，然而用法律去裁定一個人的對錯生死，又有人抗議要廢除死刑，讓犯人有悔改的機會。這之間，就是什麼是對的什麼是不對的，難道不能有個正解嗎？

可是說實在的，不管怎麼做都會有人提出不同意見，就跟「性騷擾不超過幾秒就沒有罪」，大家永遠都在替自己說話，律師也為了贏取官司黑的說成白的……「法律是用來保護懂法律的人」，無奈卻也沒辦法。

從領事館往高雄港看去的方向，是不是連燈光安排都讓人感到一絲溫暖呢？

這天晚上，我寄住在阿達先生他姊姊的房間，明天的旅程又要繼續往北走，離我的家又更近一點了，離終點的路程又少了一點了。

高雄是個好地方，台灣是個好地方。

讀萬卷書不如行萬里路，這是古人告誡我們的話，現在我也想用行動證明這種說法。

神祕監獄

【蔡慧蓉／攝影】

這裡是關犯人的地方，很矮很小連跟隔壁房間的通道都很小很小，據說是故意讓犯人行動不方面，才不會詭計多端亂搞。

DAY9

出發時間：
2008年7月20日早上9點

高雄阿達先生家

高雄市→楠梓→台南→南投

【記者蔡慧蓉／高雄報導】這天早上才十點，阿達先生就買了溫牛奶和蛋餅給我當早餐，他們家好酷喔，有一個主客廳還有一個小客廳，我們就在小客廳裡面看「舞力全開」。

之後他媽媽準備了很好吃的肉粽給我們當午餐，我覺得他媽媽眞的是一個很厲害的人，以前做直銷，後來好像受傷什麼的，醫生建議她要常游泳復健，誰知一游就游出了興趣，從一個完全不會游泳的人到後來慢慢考了一堆證照，現在是游泳教練還兼裁判，她是個想做什麼就很努力並完整的去實踐，就連讀書也是，誰說一定要是學生才能讀書，在他媽媽身上我看見了標準活到老學到老的意志。我直接聯想到自己，我喜歡彈吉他，卻從沒想過這輩子靠這吃飯，可是如果是他媽媽，或許就會一直往這方面走，成爲大師也說不定，唉唷，這是每一種人對自己所要求的作法，但卻又讓我感到了一股對興趣的堅持。

吃完中餐，阿達先生就送我一程去

這堆白白的是什麼？

【蔡慧蓉／攝影】

小時候就一直很想親眼看看鹽山，想看看那白白的鹽巴怎麼變成一座山，結果當我第一次看到時竟然是在獨自環島的途中。

台17線搭便車，想不到在路上遶啊繞竟然迷路騎了一個半小時跑到楠梓，還因爲找路不小心闖紅燈，被警察攔下來開單，和他小聊一下後，雖然他很想放水給我們，可是旁邊有個路過的老頭一直在看，所以不開也不是，最後只能從闖紅燈的一千八變成未戴安全帽的五百塊，我跟阿達先生說我和他share，可是他卻很樂觀的說：「沒關係啦都省一千三了！」整個覺得很對不起他……

邊走邊觀察大自然，這時的天空就像一幅畫，好像一個人的側面，很特別吧！還好我有帶相機！

通常我都會看情況看場合攔車，但這次我下車的地方是汽機車分道，所以只能就趁紅燈的時候，去敲人家窗戶。

有的人還以爲我是推銷的跟我搖搖頭叫我走，或者有的看我一眼後連窗戶都沒開就當作沒看見，眞是打擊。

這次，攔到一對情侶的車，他們才剛逛完百貨公司，本來要開別條路的，因為很閒想說邊走邊逛才開到省道來。

然後我們就這麼相遇了。或許這趟旅程，我錯過了很多其他更特別的事物，但是好險錯過了，所以我才遇見了下一部車下一個人下一段故事。可喜可賀的是，才回到台北不久，這對情侶已經結婚了呢！眞爲他們感到開心！

其實我很怕，很怕自己習慣於現代化的社會中，因爲適應了很多我們週遭便

利的東西，反而忘記最原始那單純的動機，這種現象最普遍的例子就是7-11、全家、萊爾富等便利商店，一開始，大家都明知這種連鎖超商的東西貴，但是因爲便利性又加上日趨增加的曝光率，以前，我們都會去鄉間巷口雜貨店，買我們想吃的零嘴、飲料或芋仔冰，現在，我們卻已經習以爲常的走進這種便利商店，反而有時候不買便利商店的東西還會覺得好像品質沒保障。想想，是不是當你要買東西時，第一個聯想的就是二十四小時的便利商店？又好比說你覺得洗衣服一定要用洗衣機、睡覺一定要躺在床上、買菜一定要有機，這些都已經變成了人們後天養成的習慣，所以反而不能接受原始人們的生活。這就是我們已經讓自己生活現代化的現象，也不是說這樣不好，只是人們會忘記傳統社會的人們怎麼吃苦耐勞走過來的。

只能遠拍的億載金城

【蔡慧蓉／攝影】

我們還有去億載金城，可是因爲太陽好大，我們沒有進去，就只在門口拍照，連拍個照太靠近的話，還會有人叫我們要買票

唉呀怎麼談到這個，要扯回環島的故事啦！

後來他們還帶我參觀了一下台南，還有去看火力發電廠，下面這張是他們幫我拍的，哈哈哈，皮膚有沒有超黑的，經過這整個暑假，我都已經變成小黑妞了呢！

本來，他們還要帶我去買永保安康的紀念車票，可是我想了又想，這的確就是個紀念品，擺在家裡可能就是看兩眼看三眼，一點也不實用，最後一定會被我丟掉。所以我還是把這錢省下來，還可以用在別的更需要的地方。所以呀，我知道我會永保安康就好啦！最後，他們放我在新市下車，好可愛的一對情侶，好溫馨的對話和相處。

其實，這趟旅行我眞的不是沒錢，有的人會覺得我爲什麼要爲了省錢去做這樣危險的事，但是，我旅行的目的就是要搭便車環島，我想靠這樣去感受這塊土地、去感受這裡的人、去感受我們的台灣，況且這路上，我不乞討也不哀求別人要賞給我什麼，這點自尊我還要，好手好腳的爲什麼需要別人的憐憫呢？就算哪天我眞的已經身無分文，也還是不會讓自己餓死呀，父母生下我們有顆頭腦，就是要學會替自己想辦法，遇到事情就要自己去解決，如果一天到晚讓父母擔心我們過得好不好，那不是太不孝了嗎？

和他們分別後，每每經過我身旁的車，我都在心裡大聲吶喊「快讓我與你們一起吧」！哈哈哈！

天色有點灰暗，太陽就快要下山了，打算攔今天的最後一輛車，去到哪就是哪了吧！

這次停下來的是一對男女，他們是彼此以前的國中同學，正要往回南投的路，哇哇，南投耶！

那不就是台灣唯一不靠海的地方嘛！

看到這對國中時期好友經過這麼多年，都還有在連絡，不禁也讓我想起以前的朋友，未來的日子裡，我們還會聯繫嗎？天下無不散的筵席，不管認識的日子長短，總有一天會分開。但我眞的覺得「好朋友才可能是一輩子的，情人都只能是一時的」。

往南投的路上，我在車子裡睡著了，其實我一直有意識感覺到那個姊姊好像有在跟我講話，可是迷迷糊糊的也聽不太清楚。之後我們買了麵包在車上啃，她說她有個大學同學住在南投市，不如我就去那住上一晚，整個好感動，雖然只是認識不久的人，卻對我這麼敞開心胸幫忙，下車時，拿著大大的海報讓他們留下名字，可惜的是，我忘了幫他們拍照，但我留下他們和善的臉在我的腦海裡了！

一律三十元

【蔡慧蓉／攝影】

在南投投宿的晚上，我到樓下買東西吃，這個麵攤不管什麼一律三十元，這眞是太酷了！

還有！同樣的車同樣的駕駛，我在新竹竟然又遇見了一次（後面會提到）！

接著，我就住進了那位姊姊朋友家開的中藥行裡，男主人很熱心，直接就帶我到一間有冷氣有廁所的客房，還對我說：「就把這裡當自己家沒有關係！需要什麼就跟我說！」

很開心，因爲我終於來到了台灣的中心點，還住在一個溫暖的家中，我下樓去買宵夜吃，連麵攤的價格都這麼溫暖！一律三十元耶！

這晚，我睡得很安穩，寧靜的房間內，只聽得見自己的呼吸聲，每天，睜開眼睛，都是在一個不一樣的地方，會不會，流浪習慣後，反而不習慣回到台北規律的生活？

這一位聯結車阿伯也太熱心了點啊！

在車上當然一定要跟熱心載我的人聊天的呀，這也是我旅行的目的之一，不過這熱心的阿伯，真是讓我哭笑不得呀！

【記者蔡慧蓉／南投報導】跟阿達先生告別後，遇到那對情侶前，還有一件驚險經歷。我挑了台聯結車，開大車的阿伯都很阿沙力，馬上就讓我上車和他同行了！

說到這阿伯，他眞的是一位讓我覺得很感動的人，他說他年紀大了沒有人會請他，所以他就開自己的超老舊聯結車幫忙載貨，一天只開一趟，一趟一千五，因爲是自己的車，油錢自己承擔，扣一扣等於他一天才賺七百塊，但是像一般外面開這種車的，大部分都是開公司的車，一樣的薪水，一天兩三趟，月入也有十萬上下，算是滿吃香的。講著講著提到他那退伍卻沒工作的兒子，說他不肯出去找工作，不知道要做什麼，聽到這裡就爲他覺得好辛苦，一個月入兩萬多，年近六十多的爸爸要養自己還要養家庭，如果他是我爸爸，我一定會很自責。

其實我有時眞的很感性，看到那些半夜還在客運旁等看有沒有客人的計程車阿伯，還是路邊撿破爛的阿公阿婆，每次看到都會覺得好心酸好難過，但我卻只能口頭的給他們點鼓勵和支持，用我的關心盡量去更溫暖他們。

然後，那聯結車的阿伯突然問我：「你是不是沒錢坐車，才會這樣亂搭人家的車？」

我急忙解釋不是如此：「我的目的就是要搭便車環島，認識台灣這片土地和

台灣人。」

他：「你騙人啦！你一定是沒錢或蹺家才這樣子！來！我這裡有一千塊！你拿去坐車趕快回家！」（說完就拿出錢一直要塞給我。）

看到這一幕我都快哭了，他一天都賺不到一千塊，卻要給我超過他一天以上的薪水！

我：「阿伯阿伯我是真的有錢在身上，只是想要出來走走看看。」

他：「你哪裡會有錢！不然你拿出來給我看！」

我馬上從皮包袋裡拿出剛領的兩千塊給他看，想說要讓他死心，但他卻又說：「兩千塊怎麼夠生活！這一千塊你拿去拿去！」（還是用力塞過來。）

我：「不會啦！錢如果不夠我有帶提款卡！到時候再去領就好了！」

想不到他又說要看我的提款卡，當下我腦中的反應還想說他會不會想是想搶我啊！可是他生活過得這麼辛苦，被他搶走就算了當作幫忙他也好。

於是我拿出我的卡提款給他看，他才停止拿錢給我的動作，不過他還是東叮嚀西交代，叫我趕快回家不要這樣玩，連下車的時候都很堅持要請我喝飲料。

所以我們就停在路旁的檳榔攤，一開始我還以為他只買個一兩罐，結果看著他提著「一大袋」走出來，我都傻眼了，少說也有八九罐的舒跑啊咖啡啊水啊之類的飲料，叫我帶在身上旅途中喝，雖然很感謝他，可是我還是一直婉拒他，因為老實說，我很懶得帶大包小包的東西，現在行李還要多一袋飲料，重死我都有。

可是他實在是個很堅持的人，要給我就是要給我，最後經過一番波折，我只拿了一罐舒跑，其他的趕快放到聯結車的椅子上，然後以迅雷不及掩耳的速度邊走邊說：「阿伯真的很謝謝你！我要先走了！有緣再見！」

常常，必須一個人走在陌生的城市；常常，必須一個人步行在這寬大的馬路；常常，必須一個人勇敢的在這人生戰場上奮鬥。沒有跌倒，就不會想要爬起；沒有暗礁，就激不起美麗的浪花。

DAY10

出發時間：
2008年7月21日早上10點
南投

南投→日月潭→車埕→集集→彰化→台中

【記者蔡慧蓉／南投報導】這一覺睡得很安穩。九點多我就自己醒來了，收拾著行李下樓，看見他們夫婦倆在旁邊有說有笑，眞是幸福。今天，我本來是想只到日月潭去走走看看的，但是有個阿嬷一直建議我要去坐集集小火車，反正時間不趕，所以就這麼決定了！於是男主人先帶我騎著機車去吃超營養早餐，然後送我到南開技術學院，他告訴我這一條路一直去就會通到日月潭了，並祝我要萬事小心。

大大的太陽下，想不到我已經來到了南投，就在這台灣的心臟，看著地圖，已經繞了一大圈，離開台北這城市也有半個多月了。後來，有對夫妻帶兩個小孩的車停了下來，我說我要到日月潭，

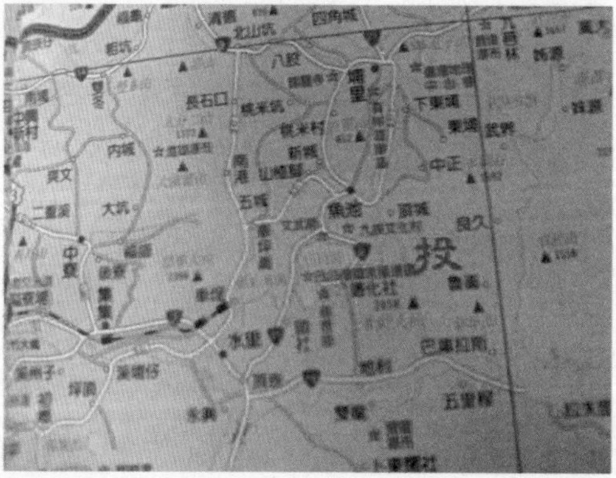

爸爸默默的回我一句：「我只能載你到竿子林。」我說沒關係，至少離我的目地有近一點就好。上車後，全車氣氛怪怪的，大家都好安靜，我猜應該是我上車前他們正面臨一場家庭革命吧，什麼話都沒說，只怕打破這寂靜就會引發他們下一場的戰爭，要下車時，媽媽連看都沒看我一眼，只有爸爸幫我簽了個名，就驅車而去。

雖然有些沮喪，但這世界上，分分秒秒總是有許多我無能爲力的事情在上演著，好大的太陽，我一樣拚了命的繼續走，我知道旅程已經快接近尾聲了。

目前爲止，這趟旅程對我而言，我得到了什麼？或許就像流浪漢一樣，只是用活在社會的餘光去參觀這台灣吧，時間一樣在走，日子一樣在過，並不會因爲我而停止了什麼。我不知道那些遇見我的人，會不會因爲我而改變了對人生的看法；但我知道我遇見的那些人，都會影響到很多我對人生的想法。

後來停下的這部車是一位業務員，從一開始本來只打算載一小段路，聊著聊著，他卻改變主意決定直接載我到日月潭，他有個女兒跟我差不多大，可是卻不像我對人生有那麼多想法。我說，這些想法也只是邁入成人的一些過程，每個人都該爲自己而活，既然要爲自己而活，就該有一套自己對這世界的道理，有一天她也會感受到的。

其實本來有一股衝動，想說繞去九族文化村走走好了。

反正我還沒有一個人進去遊樂場過，不知道那種感覺是什麼，可是玩完應該都很晚了，所以我還是乖乖的照著原計畫走吧！唉呀呀，這就是一個人旅行的好處，不管我臨時有什麼決定，都只要跟自己打商量就好！哈！

經過一家早餐兼飲料店，正妹老闆娘吸引了我的目光，買了冰涼的冬瓜珍珠馬上喝下肚，聽到孩子的哭聲，型男老闆原來是爸爸，他耐心的哄著孩子，多麼美的一張全家福，只是被我照得有點醜。不過這小孩基因眞優良，呵。

很多現在的年輕父母，很多都還沒有學會怎麼做爲一個成人，就已經爲人父母了，可是卻仍舊童心依在，到處拈花惹草定不下來，好不容易孩子長大，自己變成了爺爺奶奶，才眞正省悟原來我是人家的長輩了。這段話我不是在說剛

偶像劇場景般的日月潭

【蔡慧蓉／攝影】

雖然流了很多汗，但卻很快樂，好像手一動，汗水就會被甩出去，這是日月潭，藍天白雲點綴得恰到好處，飯店遊艇的搭配，十足就像在拍偶像劇。

剛的那對年輕夫妻唷！只是突然有感而發而已啦。

老實說，這條馬路眞的有點窄，彎彎曲曲繞著日月潭的周圍，這次我遇見的又是一對夫妻，決定把小孩放在家裡出來渡假的他們，一路上雖然一直鬥嘴，卻掩飾不住他們很相愛的事實。他們在一起七八年吧，然後結婚好幾年，加起來也有十幾年了，經過這麼久感情依舊這麼好，這就是一個穩定家庭最原始的基礎。

老婆：「我怕他這隻恐龍這麼醜沒人要，所以只好把他收留在身邊。」

老公：「我怕她以後找不到好人家，所以決定自己委屈點照顧她一輩子。」

上了車之後，其實他們沒有要去哪，只是在附近繞繞，但是因爲聊得來，所以他們決定載我到水里，一個離車埕很近的地方。

常常，人們爲了失戀痛苦，爲了失去一個自己很愛的人而難過。但這年頭在人們眼裡，「感情」這種東西已經變了調，不再像是以前，交往是爲了要培養彼此百分之百信任對方的基礎。

「永遠都是熱的一方在流淚」，當一杯玻璃杯中裝著冰水，因爲外面的氣溫比較高，所以水珠凝結在杯子外面；一杯玻璃杯中裝著熱水，因爲杯內的溫度比較高，所以水珠凝結在杯子裡面。一段感情要長久，就是先學會怎麼去信任對方怎麼把對方當成家人，一旦當對方也信任你，你就更應該珍惜，就像這對夫妻一樣，必須兩人都對彼此眞誠，才會快樂的一起走下一步。

有的人，感情勝過一切，他只想愛他愛的人，卻忘了那些愛他的人；有的人，情緒勝過一切，他只接受他愛的人，卻否定了那些愛他的人。人們常常把依靠寄託在另一半身上，然後以爲對方也會跟你一樣無條件的一直愛你，你誠心誠意的對待，對方最後卻有千百個理由來切斷。愛情是很自私的，兩個人在一起，要雙方同意；兩個人要分開，只要一個人堅持，然而愈相愛，你就愈想鬥嘴，愈常和他吵架，把習慣變成了應該，只要一個小地方不對，就好像犯了滔天大罪一般一發不可收拾，最後爭執鬧彆扭，決定分開。可是心底明明知道還是很愛，但誰也拉不下臉來道歉，爲了面子問題，所以更不能和他繼續在一起，尤其那句「馬兒不吃回頭草」，不知道害死了多少人錯過最愛。而往往結果陪你走過一生的，都不是你最愛的那一個，而是在對的時間點剛好出現的那個人。

其實我也不怎麼會安慰人家失戀，因爲我自己也體會過那種很痛苦的日子，只是還是必須告訴自己「別人怎麼說都沒有自己下定決心來得有影響力」，換個生活環境或看電影，是我覺得最容易療傷的方法，就像你已經習慣了一個課表，當突然有好幾節課告訴你不用上時，你反而不習慣，但是當你重新換個班級換個課表，因爲沒有了那些痛苦的課，所以你會選擇重新認眞。

或許，現在的社會裡，我們已經看不見什麼叫做眞情眞意，因爲不負責任的人太多，太多人不會眞的兌現自己說過的話，所以，我們就只能穩住自己的腳步，不去當傷害人的人，但要當會保護自己的人。

在水里下車後，才沒走幾步路，我

就又攔到了一台工程車，其實當我在對他揮手時我自己也還在狀況外，等他停了，我還以爲我攔到垃圾車，可是因爲沒有嘗試過，所以特別好奇。這種車主要是在清路面，司機還說，這是門良心事業，政府給你一樣的錢，做不做還是要看你的良心，總不可能還裝GPS隨時監視你在哪做什麼吧！這讓我想起大陸以前的有飯大家吃的故事，就是不管你做多做少，每個人分到的都是一樣的，比較自私的人就會覺得，既然大家收穫都是一樣的，那就少做一點讓別人去做，比較有責任感的人就會覺得，雖然大家收穫都是一樣的，但是我還是要把該做的事情做完。不同的想法，會突顯兩種不同的性格。

工程車最酷的地方……

【蔡慧蓉／攝影】

這工程車酷的地方不是在於它是台工程車，而是它有兩個駕駛座和兩個方向盤，注意看右邊這張照片，駕駛是坐在右邊開車，而我是坐在左邊唷！當他在開車時，我的方向盤也會跟著順逆時鐘轉動呢！不知道的人說不定還會以爲是我在開車呢！

「說到開車，我的十七歲已經接近尾聲了，今年要給自己的十八歲禮物，不只是這個暑假所做的一切，我還要去考汽機車駕照！可是怎麼好像還是不怎麼夠味，我得再想些真正讓自己有跨越重要年紀的那條線！」這段話是我在十七歲時打的，可是現在已經十八歲啦！告訴你們我所計畫的這個年齡：汽機車駕

照我已經考到囉！英檢中級眞可惜差一點點就過了！還有最重要的是，唸完二年級，我要休學去澳洲打工度假了！

我在意的不是每一次的生日當天怎麼過，而且到每一個年齡時那一年打算怎麼過，生日不是讓別人來慶祝你的，而是自己要讓自己體會有多了一歲大了一年的感覺，然後好好計畫接下來這一年你打算怎麼成長。

車埕，一個又美麗又令人心曠神怡的地方。

大剌剌的走在鐵軌上，享受被綠色包圍著的感覺，老式的建築，路邊的雜貨店，都是以前人留下來的生活環境，是不是這一刻的我們，已被時間的流逝而帶走了許多純眞，是不是這一代的我們，已習慣了高樓大廈和百貨公司還有人來人往的一〇一。當環境在變時，唯一能夠不變的，就是自己的心。

買了一張十五塊的火車票，終於我坐上了往集集的火車，跟我期待的似乎有點不同，本以爲它是像阿里山小火車那樣可以親近大自然，結果跟一般的火車沒甚麼太大差別。

到了集集站下車，想當初這裡可是九二一大地震的重創地帶，記得那晚我

睡得正熟，被激烈的搖晃嚇醒，想說過了應該就沒事了，結果隔沒幾分鐘又在搖，我嚇壞衝去姊姊房間，一打開門就是大喊地震，我姊沒被震醒反而是被我嚇醒，不知不覺這都已經是七八年前的事了，時間呀，轉眼即逝。

問了好幾台車是否要到「名間」（因為我要往鹿谷方向走），但我跟南投的地名真的不熟，有些根本都沒聽過，好啦以後都會記起來了。

終於有個阿姨要直達鹿谷，高屏風的頭髮讓我對她印象深刻，我們經過了很美的綠色隧道，每棵樹上都掛滿了像耶誕節的小燈泡，她說晚上在這邊騎腳踏車很舒服，雖然很想在南投多留一天，可是這時候才下午兩點多耶。突然發現

集集火車站

【蔡慧蓉／攝影】

這裡是美麗的集集火車站，其實跟一般的火車站差別不大，但想當年，這裡可是九二一大地震受創嚴重的地區。

這趟旅行，我好像都是挑以前聽過但從未去過也沒什麼機會去的地方，但是過了這次，以後就算是一個人出發，也會勇敢到達目的地！因爲我證明了就不認識任何的人事物，我也可以在陌生環境下擁有生存的意志，親愛的爸媽，你們可以放心，我這輩子不怕餓死了。

鹿谷又是一個小市區，每次到這種熱鬧地我就頭痛，過了將近一個小時，走了也有兩三公里長，有個阿伯停下車來，他只告訴我他要到草屯。哇！那不就又回到早上出發的起點啦？反正都要往北走，那就順便一起啦，一開始他還不太跟我說話，我猜他可能以爲我心懷不軌吧！哈哈！

在這搭便車環島的之間，遇到了很多人，發生了很多事，每個人都問我：「怎麼不怕遇到壞人？」每個人都跟我說：「好險你遇到的人是我！」

所謂的壞人定義到底是什麼？做過壞事的就是壞人？那壞事的定義又是什麼？當陌生人遇見陌生人，除非是事先計畫好的，不然都會對對方保有一份戒心，同樣都是人，爲什麼你就要害怕他？應該是他要來害怕你才對，有時候

這樣想事情，就會開朗多了，不要總是畫地自限。台灣的壞人其實也沒有那麼多，因爲媒體大部分報導的都是社會的黑暗面，所以大家對每一位陌生人的戒心相對的也增加，沒有去嘗試過，你怎麼知道會發生什麼事？如果每件事情都在擔心都在害怕都在畏懼，那就不會有不一樣的事情發生在你身上了。

快開到草屯時，我們終於比較有聊到天了，他開始也對我有些信任了，他問我要不要一起到彰化，他要去接他女兒下班，我當然是好呀好呀！但是他要先

到草屯去拿東西，我說沒關係，我不趕時間，他眞的是個辛苦的爸爸，每天都接他女兒上下班，只有親情之間的愛，才會是又眞心又長久的。

路上，我看見遠方檳榔攤有個好正好正的女生。

長頭髮有氣質身材好胸部也超大的，天呀我是女生看到都覺得傻眼，男生應該很多人看了會噴鼻血吧，還正在想說世界上怎麼有人會這麼的百分之百，結果靠近經過了才發現她是個假人。我就說嘛！上帝終究是公平的。

然後我們就走八卦山一路繞到彰化，到山上時，阿伯還特地停車在路邊給我拍照。

不過因爲八卦山以前很常去，所以就沒有特地再跑去看大佛了！

後來，我在基督教醫院的門口下車，記得小時候家人都很忌諱到醫院這地方，可是我眞的很怪，倒是還滿喜歡進醫院裡的感覺，之前打工有時候會外送到台大醫院，雖然裡面似乎充滿著生離死別，但是在醫院裡你卻看著各式各樣的人在奔走、在倉皇、在休息、在等待，走在裡面會讓我充滿熱血，有這麼多的人在爲生命而堅持、爲家人而堅持、爲自己而堅持。把寶特瓶裝滿水，我繼續往北走，今天打算在台中爸爸家落腳，少說也有將近半年沒看過他了，雖然這一路堅持要認識台灣人，但是難得經過台中就讓我去見見我爸嘛！

我想路人心裡一定在想：「這女生在幹嘛怎麼一直在亂攔車？」

不然就是：「她是不是有精神病還是想推銷產品？」

想攔車，但路太小連停車的地方都不方便，所以難度又加倍。敲了好幾次停紅燈的車，都被拒絕，在市區裡頭的人果然防禦心好強，跟在郊區攔車眞是天壤之別。

後來有部正要送貨到台中的先生終於願意載我，聽到時眞的是瞬間整顆心都暖和起來了，因爲走好久好累可以休息了。要上車時，還看他把副駕駛座的東西全補掃到後面，把位置空出來給我坐，哈哈！眞是可愛的先生。

他說他有個在一起很久很久的女朋友，就會結婚了。

我問他說：「那她要是知道你路上亂載一個女生不會生氣喔？」

他還笑笑的說不會啦！

整個就是一個很古意的人，我們愈聊愈開心，後來他乾脆直接送我到我爸家樓下，雖然差點走錯路，不過還是順利抵達。

結果就這樣一路環島玩到了我爸的家

一路搭便車一路玩，玩著玩著就玩到我爸家囉！不過我還沒跟我爸講我環島的事情，現在也還是先別告訴他比較好。

【記者蔡慧蓉/台中報導】其實一路上我都在想要怎麼面對我爸，因爲我還不打算讓他知道我在環島的事。雖然行李是還不至於讓他懷疑，但是海報這麼大張這麼明顯，要是被他看到他一定會親自帶我去坐客運叫我乖乖回台北。所以，一回到老爸家，進門第一件事就是先衝到房間說要放東西（目的是在藏海報啦）！

然後再跑回客廳陪他，我還用手機自拍合照一張，可是天呀我怎麼可以把自己拍得這麼醜。這個暑假我眞的好黑好黑喔，好險現在有白回來一些了，很快又可以變回小白妞啦！

很久沒見到的他，依舊和藹可親，我很喜歡待在台中的家，卻又害怕待太久！哈哈，因爲他會一直怕我餓，然後不到一小時就一直叫我吃飯，二十四小時永遠都有食物在！

記得從小他最常跟我們說的一句話就是「千萬不要讓自己餓了，錢不要亂

非常熱鬧的逢甲夜市

【蔡慧蓉／攝影】

花，但是想吃東西就吃」。

因爲他是長子，阿公以前最疼他，總是對他講這句話，所以他對待我們也是如此。

不管是兒子女兒，有時候打電話來還會叫錯名字，然後自己再憨厚的笑說：「女兒太多都不知道誰是誰。」我的爸爸很可愛，雖然有時候很無厘頭，不過，這都變成了我們更相愛的因素。

晚上，阿姨的小兒子簡稱叫小哥，帶我去逢甲夜市，不知道爲什麼我好喜歡逢甲夜市，雖然不是第一次逛了，但是卻很享受走在夜市裡的感覺，可能是因爲裡面很多美食吧！哈哈！我不是個愛逛街的人，因此我去逛街一定都是去吃東西。

偷偷和小哥說了我的行程，雖然他傻眼，但我叫他要幫我保密，暫時不能讓爸爸知道，他點點頭，不過跟他講這祕密，當然是要請他幫我個忙的呀！我請他明天載我到省道，讓我繼續完成旅行。後來經過一家按摩店，是該好好犒賞一下雙腳，所以就跑進去，那位師傅可真是使盡力道呢，我痛得要死，但是他都沒有講什麼我身體健不健康等內容，只是按完了就說可以穿鞋了，害我有點失望，不過腳似乎有點放鬆了，心情自然就更好了！

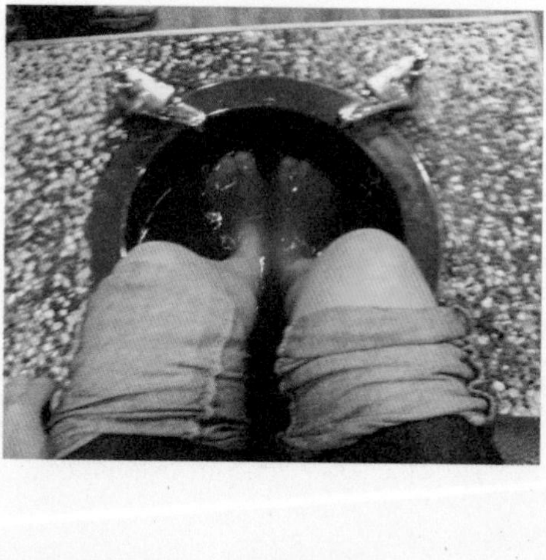

我的生存法則

仔細想想，我在南陽街這一帶打混也有五年了。

從最早的麵包店、後來ＱＫ咖啡、拉提咖啡，到現在的青蛙ㄉㄨㄞ奶，這五年來，認識了很多人、很多店家、很多朋友，然後發現，原來我的生存法則，就是看著他們而發芽的。

還記得以前在公園路的ＱＫ咖啡打工時，每天早上門口都會有兩個攤子——稀飯大姐、飯糰大哥（他們是姊弟喔）。稀飯大姐可是個大美人，還嫁了大他十歲的先生，因爲年紀差愈多對方才愈會照顧自己。而飯糰大哥他有個兒子和女兒，他們每天早上忙的時候就會幫忙、閒的時候就在路邊練習跆拳道。

後來去年開始吧，飯糰大哥又在信陽街租了間店面開始賣麵，收入可是不容小覷。而且重點是，他們每天都很快樂。

今天從健保局回家的路上又遇見飯糰大哥，和他小聊了一下。我突然發現我的生命力，似乎就是從認識他們時開始發芽的。

不知道哪來的自信與勇氣，我從不相信有天我會活不下去。我不會讓自己那麼落魄，糟糕到猶如世界末日般。如果我真的快不行，我一定會想辦法，而那些辦法，或許是一般人眼裡認爲很委屈的行爲、不肯放下身段去做的事。可是對我而言，那樣並不會影響到生活或計畫的任何一部分。

好吧，好比說一件我一直沒有跟任何人提過的事。從士林搬走後，我就住在台北車站我們老闆租的店面樓下，不然士林每個月四千塊的房租眞的讓我壓力有點大。這個地下室裡，住了我同事和他女朋友還有我，我們沒有隔間，他們客廳的沙發就是我的床，我已經在這裡過了四個多月了。不過我卻不曾感到委屈或感嘆，只是想著在這裡暫住幾個月總比搬回家每天花大筆時間上下學好。然後每天早上，我就把我的腳踏車從地下室抬到一樓騎到士林，五點多回到家再把腳踏車抬回地下室，然後準備六點去上班。一個星期七天有五、六天要和工作度過，剩下的那天休假則是和我的吉他老師度過。也許聽起來這種生活有點糟，可是我的確是樂在其中。

至少我還活著。

只要我還活著，是我自己選擇的生活就不會感到後悔。

「以前人的生活再怎麼樣不都過來了？難道我沒辦法？」這是我常問自己的一句話。

我瘋狂打工，爲的當然是賺錢，但也還不至於爲了賺錢忽略了自己的生活，如果我缺錢，那我就會多上一點班；如果我不缺錢，那我就會休多一點假。這就是我選擇的生活。

我的家庭並沒有那麼的美好。我只是，必須在兩難的情況下，找個自己可以平衡的方式。

不過這不代表我不愛我的家人，再怎麼樣他們都還是我的家人，大家都有本難唸的經，可是與其抱怨他們不負責，不如自己另謀生路。所以這就是我在你們面前羨慕的生活背後的祕密。

話題扯遠了。

話說飯糰大哥他們一家子都很特別，就像和他們聊的，「從來不是社會不給你機會，是你自己不去找機會」。其實說經濟不景氣，可是絕對不可能賺不到錢，只是你願不願去賺。今天就算我叫飯糰大哥不要賣飯糰了也不要賣麵了，過沒幾天他一定又會有新的東西跑出來。

這就是所謂的生存法則。

就跟你今天叫我不要唸書了也不要去青蛙ㄉㄨㄞ奶打工了，我還是可以想出辦法去做別的事。所以世界上根本就沒有所謂的絕路，是人把自己的路封起來了，又怎麼能說世界不開一道門給你？

這就是：世界上的小人物告訴我的大道理。

奇妙的是，我就是剛好不小心認識太多人了，所以才會知道這麼多的事情和經驗，然後輾轉吸收、思考一下，就是我自己的生存法則了。

DAY11

出發時間：
2008年7月22日早上10點

台中家中

台中→沙鹿→高美溼地→大甲→南苗

【記者蔡慧蓉/台中報導】由於前一天很晚睡，還想說起床都差不多都下午了吧？可是看看時鐘再看看錶，才早上九點多呢！我搖搖晃晃的走去客廳覓食，爸爸已經準備好早餐在桌上，打開冰箱，裡面冰的正是他閒來無事剝好的荔枝，心裡想著的，是我該怎麼跟他開口叫他不用帶我去坐車，難得見到他，卻只相處短短一個晚上又要分開，雖然很難過，但是我知道我的旅程已經快要完成，我還是要有個結尾。

走進他的房間，看見他躺在床上應該是看電視看到睡著，我抱著他說：「爸爸，我要先走了！我還有事要先忙，下禮拜再來台中找你。」我爸含糊不清的說，怎麼才剛來就又要回去？要我等他

十分鐘讓他梳洗打理一番再載我去坐車，我說不用了小哥要載我，叫他再多睡一會。雖然他嘴上說好，但是卻看見他臉上有股失落的轉過身，我又用力的抱了他一次。

東西收拾得差不多時，我就拖著小哥趕快出發了，因爲我的環島旅行還沒結束呀！

我們騎了好長一段路，不知道該從哪下車，因爲每條都是汽機車分道的大馬路，最後我選擇在榮總前面下車，不然再騎下去都要騎到台北了啦！

我拿著行李下車，小哥又問了一個每個人都會問的問題：「你不怕遇到壞人喔？」天啊這問題我都回答上百遍了！於是開玩笑跟他簡單帶過：「有呀現在遇到了！」

目送他離去，我頂著烈日繼續向北，這紫外線的指數應該足以讓我馬上得皮膚癌掛掉了吧！

為了這樣，硬要一下用右手遮左手、一下又用左手遮右手，想說這樣可不可以不要一直被曝曬，事實證明了我像極了蠢蛋。

好不容易我看見了一台很漂亮的車靠著邊邊開過來，興奮至極，我馬上伸手揮啊揮，都怕太忘情然後走到路中間去，是一位東海的女大學生，可惜的是我才剛上車不久就要下車，因爲她下一個路口就要右轉進去巷子裡了，所以我得再下車重新尋找下一位有緣人。

不過至少讓我吹到了兩分鐘的冷氣，趁機解熱一下！

不知道是因爲今天看起來比較討喜還是怎樣，停紅燈時間的第一台車他很快便答應了，是一對父女，我想下車後他還會給她機會教育吧！

突然想起看過一段商業週刊的文章：「對於老外這種完全獨立的教育方式，坦白說，我們感到十分不可思議，這是不可能出現在台灣父母身上的，畢竟台灣父母一定會有安全顧慮，無法完全放手讓小孩自己去闖蕩。」

我記得有本書也寫到：「很多人試著爲別人而活，爲他們的孩子、爲他們的配偶、爲他們的父母、爲他們的朋友甚至是鄰居，但是那種生活無法爲自我成長和進步留下任何空間。」雖然這樣感覺很自私，但我也很認同人要爲自己而活，因爲只有這樣你才不會有遺憾。

大驚奇

環島攔車換名片之旅 這次又讓我認識不同的行業

這一路蒐集了好多好多的名片，認識了好多人，也看到不同的各行各業，但是沒想到這次讓我遇到意想不到的大驚奇。

【記者蔡慧蓉／沙鹿報導】在沙鹿下了車後，感覺眞是空虛，好像活在時空隧道裡。上一分、下一秒，我身邊經過了多少家庭多少故事多少人，正當我還在想等等要去梧棲漁港時，已經本能性的走到了在一台車旁敲窗。

一輛看似平常的小轎車，副駕駛座緩緩拉下，正駕駛和我四目相對，我打了一下寒顫，就脫口而出那套老掉牙的台詞：「請問我可以順你的車往前面方向走嗎？順你的路放我下車就好了！」

副駕駛座的女生這才轉過頭來一臉疑惑看著我，然後駕駛就說：「好啊！你上車。」

車上加我四個人，可能是因爲有陌生人上車，剛開始氣氛有點凝重，然後我突然發現，我旁邊放了一台攝影機上面寫著「台視」！心裡還想說：我該不會坐到記者的車了吧！

說時遲那時快他們就問我要去哪？問我怎麼會在這攔車，以及我的背景等等問題。

後來才知道原來他們正要趕去訪問顏清標的算命師（當時顏清標好像剛被抓），順便讓我見習一下記者的生活，雖然受寵若驚但又覺得興奮無比，因爲從沒想過我會就這樣遇見記者。

到了現場，原來早已有另一位年代新聞的記者在那，雖然沒有大批媒體，但這種場面就令我夠震驚的了。看著他們專業的拍攝與紀錄，好像我也是其中一名工作人員似的，這種感覺眞特別！結束時，大家都在遞名片——說到這，我這趟環島回來已經蒐集了厚厚一疊的名片了！

這或許就是一種大人社交的習慣吧！也是一種禮貌。害我還想說要不要也去印個「台北市立士林高商商業經營科蔡慧蓉」哈哈哈！好像一點看頭也沒有。

小聊了一下，他們對我愈來愈有興趣，問我介不介意也做成報導，我說應該可以吧，可是不想這麼早被報出來，這樣會被家人抓包，我一定會馬上被皇帝詔曰，召回台北去。然後爲了採訪方便，他們要一些我手機的照片，但是一時哪來的電腦？於是記者們腦筋動到了台中港務局裡。

我們一路像自己家廚房般的走到公關室，裡面的人連忙走過來問說要咖啡還是茶？然後也是開始遞名片介紹自己，看似年紀與我爸差不多的主任，也是對

原來記者的生活是這樣的

【蔡慧蓉/攝影】

下面這張是他們在拍電腦螢幕上我環島的照片。

我們回到馬路上，重新排演著我們相遇的場景好讓他們錄下來做報導，短短十分鐘內我講了N次同樣的台詞，兩台攝影機分別從車外拍到車內再拍到車外。他們買了一些麵包和飲料給我帶在身上，我們在台十七線分開，這意外的相遇將成爲這輩子很特別的回憶，因爲，第一次，攝影機拍的主角是我。

大家客客氣氣服務周到。即使是大人對於一些外在的環境，常常也要低聲下氣的討好別人，以前會覺得長輩家人碰到某些人爲什麼要這樣，但長大後才明白這就是現實，似乎想要學會生存，就要先學會客套。就像一般的電視節目一樣，裡面一堆藝人都是已經有小孩的人了，卻爲了工作爲了賺錢，必須在鏡頭前面玩一些小孩子才會玩的遊戲。

也或許，其實我們不應該光靠年紀去分類任何人，因爲每個人都只是爲了要活下去。

因爲打工、因爲旅行，我認識了很多年紀比我大很多的人，有的甚至也都已經爲人父母了，但就環境而言我們卻是平等的，就跟一般同事一般朋友之間一樣的談笑對話，並不因爲他有個和我年紀相似的孩子而有所忌諱。

角色不同，處世方式也就不同了吧。

每個人都在扮演各式各樣不同的角色：朋友、家人、工作、情人、同學。不管你身處在哪種角色，都不能因爲這個角色扮演不好而去影響到另一個角色，而當你五種都要兼顧時，你卻又要把時間安排得剛剛好，在什麼情況下就當哪種適合的角色。

後來，我又攔到了一對父子的車，簡單對談之後，他開始淘淘不絕的向我發揚佛法，或許宗教眞的是一種讓人心靈寄託的方式吧，同樣的一片土地上，有多少人每天拿著香、拿著聖經，或者每天朝聖，還不都是爲祈求給明牌或身體健康心想事成，種種種種的根都在我們的心裡面，我們大有理由只相信自己，卻選擇用另一種形式延續，公道自在人心，凡事對得起自己，自己就是自己心裡的那尊神，是不？雖然他們才載了我一小段路，不過離我想去的高美溼地已經不遠了。沒關係，這是在製造讓我遇見下一個有緣人的機會。

糟糕的是，已經要傍晚了，怎麼今天過得這麼快，似乎光在記者那關就花了不少時間。

我倒著走在路上揮動我的雙手，想趕快攔到車，起初有短短十分鐘是不怎麼順利的，但是有台車突然很快速的從內線道切到外線道停在我旁邊，我還眞是爲他捏了把冷汗。

他是位業務員，要直上高速公路到台北，還一再重複問我要不要直接就載我回台北去？他說這樣搭便車環島好危險！即使我很想就這樣乖乖回家，但是潛意識告訴我我還有好多地方還沒去！

高美溼地

【蔡慧蓉／攝影】

儘管我跟年輕的爸爸都不清楚高美溼地的確切地點，但是，終於我還是走到了高美溼地，一邊欣賞著美景，一邊吃著今天的晚餐。

他很熱心的決定載我到高美溼地，不過我們都不知道確切位置，最後跟著路邊的一群年輕人開，終於抵達目的地，分開的時候，他還是對我的環島行爲有些感到不可思議。

他也是位年輕的爸爸，不知道是否因爲我，而改變了些他未來帶孩子的方法？

我覺得現在年輕人之所以脆弱經不起考驗，絕大部分的原因都是被保護得太好，不然就是父母這個不准那個不行、不願意放手讓孩子去飛去跌倒去面臨困難，那怎麼能怪下一代不夠獨立不夠堅強呢？每個人都應該要有自己的生活，你的父母你的小孩你的鄰居也都應該有自己的生活，在開始那些生活前，都必須要有一定的生存能力，而那些生存能力，正是來自於曾經經歷過的失敗與挫折和克服。

我一個人坐在階梯上，看著準備要降落的太陽，望著前方那些如螞蟻般小的人們，可見這裡範圍有多大，大家都想不斷的往前走去尋找自己的方向。把麵包和五十嵐吃掉，當作是今天的午餐兼晚餐，其實是因爲沒有很餓不想再去買，這裡人這麼多，怕手機被偷，但還是試著把手機放在一顆比較大的石頭上

定時自拍，果然拍了一張還算滿意的朦朧照片，遠離水泥叢林的感覺眞好。

隱瞞了這麼久，一下說去屏東戰鬥營、一下說去外地朋友家，今天都被記者拍到了，看看時間再過幾天就會結束了，是差不多該向家人自首的時候了，從頭到尾我都沒有想要對他們說謊的意思，只是有些事情在事前講都一定會被說不行，記得兩三個月前我就有大概和姊姊提過我想要搭便車環島的事，不過那時候只被回了一句「你不要去做這麼白目的事」，之後我便沒有再向她提起過，很怕被她一直記著，這樣她就會更注意我的行蹤。但是在內心裡，卻仍舊迴盪著我一定要去試試看的心態。

拿起手機，我忐忑不安的打給我姊，把這兩個多禮拜來的行程都對她招供了，還有遇到記者的事之類的通通都說了，還一直跟她說我都快完成了不要逼我馬上回家，原本以爲她應該發出怒吼的聲音罵我一頓，但是當下我的心裡是想著，即使回去後要被罵被打我也要完成這趟旅行，因爲這是我給自己的一個成年禮，證明我可以靠自己在外地存活下去。

不過她的回答卻讓我出乎意料，沒有責罵也沒有露出往常的威嚴，只說：「我會多點幾支香保佑你不要出事。」我把它解讀爲我姊默默的認同了我的旅行，所以就更放心的出發了。

正當我還在想從高美溼地走到省道不知道要多久時，一位婦人剛好經過。

我攔下她想問她可否載我到外面馬路，她用手語比了一些動作，雖然不完全懂但是意思略知，我也用手語比了一堆奇怪動作，想不到她很阿沙力的就比著要我上車。儘管只有一點點路，儘管之間無法對話，但卻是一股溫暖氣氛環繞在我們之間，我打從心裡覺得她是位好人。

突然想起有篇文章：「他說他去英國時有些景點要買學生票，都完全不用出示學生證售票員就相信他，從頭到尾沒有人要他拿出證明也沒有人懷疑他會說謊。原來是英國社會假設：多數人是誠實，只有極少數人會惡意騙人。事實上，整個社會行為也是如此，因此他們不浪費資源管理例外，不需要把每個人當小偷（當然被抓到一定重罰）。這與台灣社會非常不同，我們基本上假設：騙子處處。所以，就算你「100%像學生」、「滿頭銀髮」也必須透過證件才能取得優惠。於是，檢查證件是被社會認可的慣性。就算你是學生，忘了攜帶學生證，抱歉還是要成人票。於是，誠實的人必須隨時、不厭其煩的拿證件證明『我沒說謊』。我從小到大，被檢查習慣了，到了英國，變得不習慣。台灣社會因為誠信行為不足、信任基礎不夠，檢查慣性也就不得不然。難道這代表，台灣人比

英國人更習於投機、說謊？」相對於台灣而言，人民不相信政府，也不相信所有的陌生人，認為好人只是少部份。

同樣是人，同樣的身體構造，同樣的一顆星球，同樣的腦袋，出發點想法不同、後續整個延伸的結果就會不同，但是我們卻選擇了悲觀的那個，所以處處防著人、刻刻不安心，老實說，選擇前者你真的會過得比較快樂，因為我正是如此。

偏僻的高美溼地、寂靜的台一線，不是我不攔，是路上一台車都沒有，我最起碼走了二十分鐘，是有經過一兩台，可是都不願意停下來。後來遠遠看到一台警車在等紅燈，想不到出發前想像中最刺激時刻要來了！

我要坐警車！這還真的倒是人生第一遭！

不過我不才是因爲做了什麼壞事呢！警察果然是人民的褓姆，看到我揮手就開到我旁邊，還讓我上車與他們一起，他們是巡邏車，恰巧經過這裡，就這樣順路的載了我一小程到清水，在車子裡面跟他們聊著我在搭便車環島等，還聊到他們的工作性質和經驗，其實她們沒有想像中來得有距離，小時候都認爲警察是一種很正義的象徵，連吃飯吃不完或晚上不睡覺，大人都會說要報警叫警察把我帶走，所以也就格外對這份職業抱有一番尊敬與畏懼。後來我們就一路開到他們巡邏的終點。

然而我下車的地方似乎有些危險，路面超大超寬，每台經過的車時速也有到百吧，環島什麼都不怕就怕被車撞到。

這時有台慢速的休旅車駛向我，拉下窗戶，原來是要詢問我大甲鎮瀾宮怎麼走，我拿出我的地圖大概和他們講一下，還順便問能否讓我和他們一起，雖然他們似乎猶豫了好一下，但也讓我上

車了。

她們三姊妹是客家人，印象中客家人就是勤儉持家，有一位還是淡水商工的老師呢！兩個混血兒是其中一位與德國丈夫生下的孩子，暑假剛好回來台灣玩。不同的文化教育下，也明顯的對比出台灣父母對孩子呵護與擔心，記得她聽到我在旅行的事情，還滿臉帶著微笑跟他們孩子說：「過幾年你們也該背上背包，像這個姊姊一樣，自己去體驗看看這個世界。」但絕大部分的父母卻是對孩子說：「你們千萬不能學這個姊姊！不然我就打死你。」

該學的當然不是搭便車環島，而是自己去面對陌生環境的抗壓性。

路旁騎樓下的傳統修鞋攤，讓我想起小時候鞋子壞掉也都是拿來這種地方修理，但現在大部分的人，卻已經習慣了壞掉就再去買一雙，原先那些舊鞋就只有在垃圾堆裡打滾的份，我週遭環境差不多年紀的這一

知名的大甲鎮瀾宮

【蔡慧蓉／攝影】

雖然我是個無神論者，對於那些不是眼見爲憑的東西總是抱持著懷疑，但來到鎮瀾宮，雙手合十，誠心誠意，求的不是大富大貴，而是希望以後遇到的大問題都能夠樂觀的去面對。

代都已經是如此了，更何況是在我們之後的下一代呢？

時代在變，人心在變，有機會可以去看看「瓦力」這部電影，不只是裡面的人物行為刻畫得唯妙唯肖，而能讓我們思考的，是那些方便、舒適、輕鬆的生活真的就是我們所要的嗎？

有時候，當我們在欣賞事物，別以為總能客觀面對，你當下潛意識是什麼心情，你就會看到哪方面的訊息，而一本書這時候看跟十年後再拿出來看的感覺會不同，宋朝學者黃庭堅說：「士大夫三日不讀書，則義理不交於胸中，對鏡覺面目可憎，向人亦語言無味。」以前對這句話總是抱著不屑的態度，可是現在卻對這句話心有戚戚焉，環島回來後開始不知道為什麼變得很愛看書，就算不能常去圖書館，我還是會借一堆書，即使沒有每本都看完，但是卻讓我有壓力要去看它（比如借三本我就至少會看完一本，假如只借一本我說不定只看幾

頁）。看了書、看了雜誌、看了新聞、看了資訊，你才會明白你所知道的原來這麼少，看得愈多才了解懂得愈少，這個世界每天都在進步，別人也每天都在進步，如果你總是在原地徘徊安逸，烏龜根本連看都不會回頭看你一眼就繼續往前走，到最後你只能當後面在追的那隻兔子，損失的是自己。

參拜完這鼎鼎大名的鎮瀾宮後，我和她們一起去苗栗，她們真的是很可愛的

三姊妹，天黑開車會緊張，我們還開錯逆向上高速公路，當場眞是嚇死我了，還好那時候沒有什麼車，可是一半也要怪標示都亂七八糟，前幾年和我朋友一起騎機車從台北到台中玩，也是大概在這一段迷路的。

後來好不容易倒車後，又開到機車道！大家都捏了把冷汗。

最後我們在南苗市區分開，因爲她們住的是哥哥家比較不方便讓我借住，所以我就在這熱鬧的地方開始流浪。一連問了好多人，都沒有人敢讓我借住，這一晚，突然整個感到很無助，本來想說那去廟宇借住好了，結果也已經關了，後來就一路往北走，想說總會有個地方是讓我想停下來的。

後來有部車經過我身旁好幾次，最後停下問我要去哪裡，車上是一位男生。

如果有人問我：「這之間難道沒有遇到壞人或可疑的人嗎？」

我想我會回答是這一個。

但他不是壞人，只是他讓我更深刻的感覺到人與人之間的防衛心，從上車我們的對話，就都各自有所保留，事實上我們也沒有開到哪去，只是一直在南苗附近繞，本來是決定請他放我在警察局下車，我到警察局借待一晚好了，但後來白天的那三姊妹打給我問我是否找到地方過夜了，如果沒有就到她們那吧！於是這位男生又載我回到市區裡，但他卻繞了遠路，我超緊張，不過他說他只是不想被他在這裡的朋友遇見載一個女生在車上。

回到了市區裡時，他還對我說：「我給你錢你去住旅館啦，這樣子一個女生太危險了！」

我趕快回答沒關係沒關係，我已經有地方住了！

要下車時他還是一直想表達要帶我去旅館的意思，連我走了一小段路回頭，

他的車依舊跟在我身後，直到我趕快走到另一條路他才消失。這就是我這趟環島遇過比較讓我害怕的人了。

但後來想想，其實他真的沒有惡意，只是從上車到下車，本來他想介紹一位女性友人家讓我借住，但他不敢信任我，而我也不敢信任他，兩個人講話句句都只是點到爲止，這就是兩個陌生人的相處，彼此本可以多聊一些卻又懷疑對方的用意，「陌生人都是不懷好意」的道理已經不知不覺深入了每個人的潛意識。

到了三姊妹的家，我想這應該是兩間打通的房子，因爲很大很大，她說沒有地方讓我睡，要我委屈一點打地鋪，但是其實，既然要出來我就都已經做好準備了，就算只是借我張桌子趴著睡，都是一種感恩和一種體驗，能有地方過夜就好，其他什麼都已不重要。

我們坐在客廳聊到了很晚，什麼都聊什麼都講，從她們的人生觀到我的人生觀，從傳統觀念到現在社會，很深入的對話讓我覺得很開心，因爲我們是在一起討論著我們的彼此感受。

睡在空房間的地板上，吹著小電風扇，沒有任何光線，感覺有點可怕，但我還是帶著微笑入睡了，我又離家近了一步。

在環島日記裡穿雜了那麼多我的想法，其實目的只是想說，我也只是個孩子，我沒辦法教大家怎麼賺大錢怎麼搞事業，但我能告訴你怎麼從在平常不過的生活去看見希望，並且樂觀的去感受每一件事，有夢最美希望相隨，當你低潮不知道此刻的你在做些什麼、又或者在煩悶什麼時，找一件你期待的事並且等待它的到來，你就會發現其實你知道什麼是生活。

DAY12

出發時間：
2008年7月23日早上10點

南苗三姊妹家

南苗→飛牛牧場→新竹→大溪→新莊

【記者蔡慧蓉／苗栗報導】一個人睡在空蕩蕩房間的地板上，半夜有幾次被人去上廁所的聲音嚇醒，揉揉眼睛已經八點多，該是起床的時候，趕快把昨天忘了寫的日記補一補，不然回台北一定忘記發生什麼事。

客廳裡原來大家都醒了，我們一群人又開始延續昨晚沒聊完的話題，從日常生活到各自對人生的哲學，我們互相交流著。即使我們年紀差很多、角色大不同，但這種跨世紀的會議感覺還不賴，第一次覺得原來跟大人講話可以這麼的沒有距離感，不僅是因爲他們的傾聽與分享，還有願意接納年輕人想法的氣度，到現在雖然我已回到台北很久，還是時時會想起和她們聊天的內容和感覺。

我想去飛牛牧場，但是一時分不清楚東西南北中發白，只知道應該要往南走，問了一台停在路旁的奧迪，結果那位先生要去上班剛好可以順便載我到省道，想不到在車子裡愈聊愈開心，決定乾脆就直接送我到飛牛牧場。

劉先生是在新竹科學園區上班的課長，連下車還很堅持要送我一杯他剛買的飲料，不知道這波不景氣對他有沒有受影響。

混血妹妹很可愛對我好熱情，連我要走時也堅持要陪我走到路口。

就像他的疑問，一般人對這個旅行都會產生著大大的驚嘆號，更訝異的是主角竟然還是一個十七歲女孩子，怎麼會有那個勇氣？怎麼會有這種想法？

但環島只是這個年輕的其中一小段過程，重點是我的十七歲沒有遺憾。

當然接下來的日子，我還是會繼續去做那些我想做的事，因爲我要自己掌握所有屬於我的時間。

人生說長不長、說短倒還滿短的，光前面二十幾年大部分的人就都花在學業上了，然後再盲目徘徊不定到三十幾歲，之後在傳統思想下認爲該婚了，這一搞加生育個孩子又花了二十年，結果要開始人生的時候已到了五六十歲了，好可怕。

記得十六歲那年，只想著十八歲我要一個人出國，還有我要存到人生的第一個一百萬……哈哈哈！可是後者應該有點困難啦！雖然前者曾經也想過應該沒什麼機會吧，因爲相對要捨棄的機會成本很大，況且出國是一筆不小的花費，我哪來那些資本？

一直到去年底，有個朋友他去澳洲打工渡假了，才又燃燒起我對這個目標的希望……

「我也可以去澳洲打工渡假啊！」

有目標和夢想是件很美好的事，因爲會開始期待著並隨時都在做準備，並且每一天你都在想著那天的到來，不會只是渾渾噩噩的過日子。

人生這麼漫長，不養成這種習慣，這輩子都好像是在爲別人而活。

「希望」會使我們忘記眼前的失敗和痛苦，並給自己的人生裝上可以飛翔的翅膀。

飛牛牧場是個很愜意的地方。

當我想要走回省道時，路邊有個家庭本來在拍照，結果拍一拍兩個小孩竟然打起來，剛好爸媽一人拉一個扯開。這種再瑣碎也不過的生活小事，突然引起了我的共鳴：這就是一家人。

再怎麼的爭吵，終究還是相愛的，小時候是如此、長大也是如此。

後來有位當地的女生騎機車帶我到人較多的馬路。

烈日當頭，我像小孩子一樣踢著石頭走啊跑的，一旁圍牆內的景物卻突然吸引了我全部的目光，一個寬闊到不行的

飛牛牧場

【蔡慧蓉／攝影】

這裡是個很適合全家出遊的地方，看到了許多爸爸媽媽帶著小孩，也不禁讓我思索：什麼是家人。

庭院，還有栽種許多植物和擺設小孩的遊樂區，要是遇到逢年過節，這裡一定熱鬧到翻掉吧！

我終於攔到了一部車，又是一家人，有緣的是他們也住在士林，還想說要一路直接載我回去，但我還有新竹桃園沒有去耶！不能就這樣放棄。

他們挑了個離新竹市比較近的地方讓我下車，而且還繞了好長一段路，就怕我攔不到車或位置太危險，雖然我只是一個路過的旅行者、和他們毫無關係的路人甲，但我們之間卻無形中牽引著一條台灣人的愛。

只有當了父母的人才會知道做父母有多辛苦，這似乎是每個人的必經過程。

就像「離家，才會知道回家的好」，記得以前我都好討厭回家，回家感覺就是會被管著限制著，可是因為學校位置離家遠而搬出來後，就反而變得好愛

家，想念家的菜、想念家的好、想念家的碎碎念。

或許人生就是這樣吧，一定要嘗試過了才會去回想當初有多幸福。雖然我很不喜歡總是一直被綁著，因爲這樣我得到的不是我自己的人生，而是那些人希望、想要的人生，但是就算跌倒受傷或受盡折磨委屈，我都還是想要自己親自遇到這些問題，這樣那些才會是我的經驗呀。

親愛的大人們，你們要擔心的不是我們過得好不好，如果當我們長大了，還要一直害你們操心，那可眞的是我們的不好。

有時候靜靜一個人的好處，就是可以觀察到很多平常不會注意的事。

包括……原來我是在快速道路下車耶！而且還是在車輛很稀少的地方！

走了半小時，經過的車不會超過二十台，而且，這二十台車也未必想停下來載我。

但是在這種酷暑裡，再走下去我都快變人乾了，此時出發第一天遇到的徐叔叔剛好打電話給我，問我是否已經快到桃園，如果是的話可以去找他，他們要和朋友一起去拉拉山烤肉，可以帶我一起去。

很美的十八公里海岸

【蔡慧蓉／攝影】

在很美的十八公里海岸處下車，我很悠哉的讓自己坐在一旁，吃著麵包、吹著海風、聽著浪聲、看著路邊的人來來去去……但天啊！我好像變成一塊木炭了！

聽了超心動的呀，因爲徐叔叔一定又會介紹很多我從來不知道的地方！

但是不行！我要遵守環島的原則，就是不找認識的人！哈哈！我爸那個算例外啦！因爲我很久沒見到他了耶！要通融我一下呀！

好不容易終於有台車停了，不過是台小黃，駕駛是位頗漂亮的媽媽，當她聽到我想搭她的便車，她很冷淡的回了我一句：「我這是計程車耶！」看她好像沒有很願意的樣子，我禮貌的跟她說謝謝，然後就繼續走了。結果過幾秒，她又開到我旁邊說：「好啦！你上車啦！不然到往市區的路還很遠！」我想，這應該是唯一環島過程中我比較愧疚的事吧！我竟然坐了小黃沒付錢！

往市區的路上，一位談吐舉止之間都很紳士的先生載了我，正當我還想說他應該是生活水準還滿高的人時……他

真的有夠熱！

【蔡慧蓉／攝影】

攝氏三十五度C的高溫，差點就融化了我的身體和意志、頭暈目眩，但我可一點也不想要就這樣被太陽打敗，都已經繞了一大半的台灣了，除非八十五度C，否則休想要我投降！

卻突然對經過的車大按喇叭，然後還很順口的補了幾句話送那台車，雖然我傻眼了一下，但這在台灣的馬路上卻異常的普遍。突然想起之前聽馬來西亞的朋友說，他們的生活是很慢條斯理不緊迫的，車子行進間從來不按喇叭，連過個紅綠燈也都是慢慢的開。

相對於台北而言，不管是下了捷運或公車，幾乎每個人都是快步往前走，好像隨時都在趕時間一樣，但是這種緊湊與忙碌，卻都已成了我們生活的習慣。

新竹的城隍廟附近保留了很多以前的建築物和古蹟。

也是國片電影「九降風」的拍攝場景之一呢！而且來到新竹就會讓我想到九把刀的小說，哈哈！

雖然明明就不餓，但還是硬吃了有名的米粉和貢丸湯，但是有點讓我小失望，不過說不定是我挑錯家了吧！

怎麼會這麼巧，居然攔到同一部？

全台灣這麼多的車，我又這麼隨興的東走西走沒有規劃的路線，居然連這樣都能攔到同樣的車！

【記者蔡慧蓉／新竹報導】從市區又攔了一部車回台一線，眞糟糕，新竹我還眞的一點都不熟，腦子裡只知道名產。所以只好一心想繼續再往北走。

最最不可思議的是，當我遠遠看著一台很順眼的車開過來，而我也剛好想要伸手去攔時，他已經停在我旁邊，心裡還想說怎麼這個人這麼好心啊！然後當他拉下窗戶……

他：「哈囉！」

我：「我們是不是在哪見過啊……？」（天呀！這人怎麼這麼面熟？）

他：「對呀！我載過你呀！往南投的路上呀！」

我：「……」

全台灣有兩千三百多萬人，車子量也是這麼這麼的多，偏偏我在環島過程中，卻無意間遇見了同一個人、搭了同一台車兩次。原來他是在新竹這裡工作，上班時間在跑業務剛好經過這，然後又剛好看見我。

只是這次他不能載我到太遠的地方，於是他向我介紹了玻璃工藝館，並放我在那下車，門票很便宜，學生價才二十塊，而且光週遭環境就設計得很夢幻很吸引人，尤其是入口處，感覺自己根本就來到了童話故事裡。

說到童話故事……

很多事情，用想的似乎都很簡單很完美，實際發生時卻其實什麼都不是。

「白馬王子會到壞人那裡救回白雪公主，並從此過著幸福美滿的日子。」從小我們就都是聽著故事長大，還有那宣導家庭都是和諧美滿的話。

記得國中有次我跟我媽吵架了，然後我向一位長輩抱怨，他說了一句很實在的話：「沒有一個家庭會跟童話故事一樣完美，你已經長大了，不該再相信這些故事了。」

頓時我才體悟到，並不是我媽的不對，而是我把她想像得太好、要求得太完美。

「家長該多尊重我們、家長該多陪我們、家長該多疼我們、家長該聆聽我們心聲……」或者情侶間「他應該要體諒我、他應該要告訴我、他應該要和我溝通……」這些總

是在生活倫理道德課本上一定會出現並帶著勸導意味的東西，卻養成了我們不平衡的觀念。

事實是，這就是我們常常和人家吵架的原因——「把對方想像得太好，期望得太多」。

或許，取其中間值，才會是最適合的答案吧。

後來，我坐了一台機車又轉戰了一台汽車。

那汽車的主人是做當鋪的耶！

我還很白痴的問他是不是常常要討債？或動用私刑去逼人家還債？（應該是我電視看太多！）

他說沒這麼誇張啦！只是通常這種借貸利息都高得嚇人，假設如果借了一百萬，一個月後要多還九萬將近十萬耶！並且還是複利計算。所以呀！請大家如果要借錢莊的錢，一定要仔仔細細想清楚啊！

到了竹北後，又認識了一位在國中當人事主任的先生。

原來認識各行各業的人才真的是我收穫最多的地方呢！

他用親切的笑容沿路向我介紹每個經過的地方，然後我就這樣從新竹蹦蹦蹦的來到了桃園大溪。

話說桃園和台北也才一線之隔，好像已經看到了自己的家，對於這快結束的旅程卻又有些不捨。

一位阿姨載我到大溪橋，向我推薦了一些地方，本來還在猶豫要去慈湖或石門水庫的，但是剛好攔到一台要往石門水庫方向的車，我就選擇了這個耳熟能詳而我卻沒去過的地方。

我們在龍潭分開，我一個人繼續往中壢的方向走，經過了一間他們稱之爲鬼屋的建築物，但不是因爲鬧鬼才叫鬼屋喔！好像是因爲建商想蓋成城堡，但卻有錢就蓋沒錢就沒蓋，所以後來擺爛到現在，不然我想一定會是間很特別的景點的！

我一路從天亮走到天黑，離中壢還有好一段距離，攔了四五個小時都攔不到車，也許是因爲入夜了吧，大家看到我招手也可能以爲是看錯。

後來，有對母女經過後又繞回來載我，我還想說終於有人願意載我離開這裡了，想不到他們只是好奇我爲什麼要在這裡攔車……然後帶我一起去逛家樂福，最後又把我放回差不多上車位置的地方，此時已經八點多了。

她的女兒是個大學生，但從對話和行爲卻給人感覺不像，我沒有要批評她的意思，只是一看就知道她是家庭很寵的孩子，例如，逛家樂福的時候她媽媽回車上拿東西，我說我們應該在原地等她回來，不然她會找不到，但她卻跟我說：「沒關係啦！管她的！我們先走啦！」

這讓我想到了一些事。

熟門熟路的內行在地人

【蔡慧蓉/攝影】

車上是一家子的泰雅族人，因爲他們是龍潭人，所以不用花門票錢，這讓我想起去墾丁佳樂水時，也是在地人帶我進去的呢！所以呀，出外旅行不管是在吃喝玩樂方面，還是要多多請教當地的民衆喔！

常常在打工的時候，我問客人需要些什麼，明明同樣都是高中生，甚至有些已經是大學生，買個東西卻扭扭捏捏不敢開口，不然就是很小聲，或一定要旁邊的人代點。

這種現象尤其是唸一般高中的學生比例比較多，很多家長都只重視要孩子唸書唸書唸書，卻忽略了要培養他們交際與生活的能力。

家長保護孩子是一定會的，但若是過於呵護，一下擔心他們一個人出門危險、一下害怕他們遇到挫折，就限制這個避免那個，卻又疑問爲什麼孩子不夠獨立、爲什麼孩子不夠成熟、爲什麼孩子不能打點好自己……這樣邏輯不通。

外國的家長會對十幾歲的孩子說：「現在你們都已經長大了！要有自己的主見。」

而台灣的家長卻會對已經快二十歲的年輕人說：「你們還小！」

就是在這種潛移默化的情況下，孩子才會覺得自己總是還小，不需要自己去解決太多事情，當然也就不必獨立思考自己遇到了哪些問題，甚至應該要怎麼解決遇到的問題。

我的家人從小或許沒有很重視我的家庭教育，但卻也因爲這樣得要自己去解決每一件遇到的事情。

以前不管我說什麼或是想做什麼，我姊都會跟我說：「你自己想辦法，沒有人有空幫你弄！」

就連我從基隆女中辦休學和重新報考學校到後來搬出來住，我媽也沒出現過。

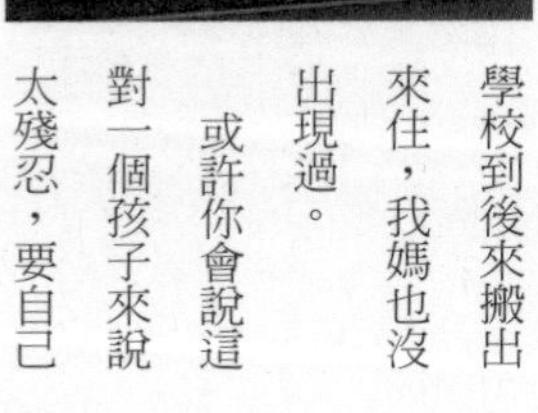

或許你會說這對一個孩子來說太殘忍，要自己

承擔這麼多事。

但何不換個角度來想，這卻是對我的歷練和過程。「每件事都應該要自己去想辦法解決」，這就是我的家庭告訴我的眞理。

我很感謝我有個很棒的姊姊，她教導我的事情太多了，也是因爲她常常對我說：「你自己決定好就好。」

這讓我可以擁有百分之百的權力去選擇我要的。

放手讓我們去走、讓我們自己去感受人生，這樣才眞的能讓我們得到收穫。

雖然回到同個地點讓我有點煩惱，不過我也因此攔到了一台小貨車，還以爲我要一個人待在後面，想不到原來後面還有三個人呢！大家一起坐在車上的感覺好棒，好像要一起去郊遊！

其實這麼晚了，我也很不想要繼續行程，但是一方面是我還不知道要在哪裡過夜，另一方面也還在等待看會不會遇到有緣人讓我借住他們家一晚。

想不到我才剛下小貨車，馬上就又攔到了一台父子開的黑色小轎車，那先生一副就是新好男人的臉，穿西裝打領帶又愛家。

眞希望我未來的先生也是這種樣子，感覺就是很斯文體貼的男人，哈哈！

回想起傍晚走了三四個小時的辛酸，突然一點也覺得沒有什麼。

那些不開心與挫折都是短暫的，更重要的是，撐過了之後才能感受到後來的快樂。

因為後來的攔車過程都算很順利，與新好男人父子道別後，走了一點點路就又有車了！

這次的車主是一位軍人，怎麼我這個暑假都跟軍人很有緣啊！一路上我們聊得很開心，他正要開車回新莊的家，他說今天他弟弟不在，所以有個空房間可以借我過夜，於是我就和他一起回到了新莊。

這就是我這晚的床，像一間套房，有冷氣還有衛浴設備。

當然，旅行不可能就這樣從新莊就直接回家然後結束，因為我還有一些地方沒去呢！

要睡覺時，想著我已經回到台北，要回家其實馬上就也可以回家，但是我還不想結束，不該這麼快就劃下句點。

鬆了一口氣，本想看看窗外的夜景，結果被水泥叢林擋光光……好啦！這不重要。

總之就是我已經出門快三個禮拜了，從剛開始的不適應、寂寞，到現在的捨不得停止旅程，一切是這麼的快，這一路上發生的故事比我想像的豐富許多，真是令人想好好的深吸一口氣。

加油，蔡慧蓉，你的搭便車環島夢想就快要完成了。

第一次看到這種停車場

【蔡慧蓉／攝影】

他們家的停車場讓我有點吃驚，天呀我這鄉巴佬，或許是因為第一次看到吧！覺得超酷的，台北地小人多車也多，沒地方停車就只好疊車啦！哈哈！

緣份遇見的人

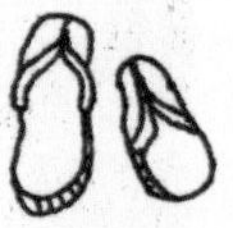

因爲這次的旅行，我認識了很多的人，也因爲這些人在各種層面幫到了我很多的忙，同時讓我了解很多事。

例如：我在背包客棧的文章回覆者中，認識了一個擁有國際領隊證照兼導遊的阿本（因爲我以後也想走這條路），在ＭＳＮ幾次對談後，他豪邁直率又專業的個性讓我很欣賞，有次他從台中帶團到墾丁還帶我一起去見習，最特別的是一路上他講了很多他以前的故事與經驗，因此我們也就更進一步的成爲好朋友（即使明明 差了十三歲）。

他在二〇〇八年十二月去了澳洲working holiday，剛開始我只純粹羨慕，但後來也無形中激勵了我「他可以辦到的事我也可以辦到」，並且我十八歲的夢想就是要一個人出國（曾經我以爲根本無法達成），說時遲那時快，我訂了目標，每個月拚命打工，至少要存一萬塊，並且在二〇〇八的十二月中旬，就在網路上把電子簽證辦好了，那密密麻麻的英文搞得我頭很大，但我卻也一個人完成了。在這之後，我更加緊腳步的學習英文，還有大量閱讀有關旅行與出國還有各式各類相關延伸等等的資訊。

又例如：考上士林高商後，就一個人搬到學校附近住了一年多，十八歲的願望也包含了考汽機車駕照。講好聽點，一直以來我們家都是讓我們很獨立的學習；講實話點，就是我們家的人根本沒時間管我。但這是件好事，因爲我可以自己在所有我想做的事情中慢慢摸索找答案。還在部落格留言者中，認識了一位駕訓班的教練——范光超教練，本來是想去給他指導的，但因爲他在南港（信泰駕訓班）有點遠，所以作罷，但他還是很熱情的介紹了另一位在北投（大台北駕訓班）的吳建華教練，正是幫助我考到汽車駕照的貴人。

這種像蜘蛛絲一樣一圈一圈的往外連接出去，當然因緣際會讓我認識的人實在不勝枚舉，每一個都無形中幫到了我什麼忙，又或者無形中讓我學到了些什麼，事後回想，如果沒有搭便車環島、如果沒有把故事紀錄並分享出來、如果沒有認識到這些人，現在的我或許只是回到原本安安分分的學生生活、學習檔案的內容也不會那麼充實而得獎、更不會出現現在你們在看的這本書。每一個緣分讓我遇見的人，眞的是讓我由衷的感恩這一切。

以前當別人問起我：「如果讓你回到從前，你最想回到什麼時候？」

從前我都會很簡單的思考後就回答：「回到和某某某在一起的時候吧！」或者，「回到剛出生的時候。」

但前陣子有個朋友又問了我同樣的問題，我卻很自然的回答：「我不想要回到過去，因爲有那些曾經才有現在的我。」

我終於體會「不經一事、不長一智」的道理，就像「最後十四堂星期二的課」說的：「你若找到生命的意義，你不會願意重新來過，你會想要繼續向前。」那些只要是會讓人成長的事，就都是好事。

DAY13

出發時間：
2008年7月24日早上6點

新莊軍人先生家

新莊→鶯歌→三峽→木柵→淡水

【記者蔡慧蓉／新莊報導】才一早六點多我就起床了，好像回到戰鬥營一樣，因爲軍人先生要回部隊，我也要回到桃園繼續快完成的旅程，於是就在還半睡半醒之時，已經到了車站附近的麥當勞門口。

他說還這麼早，叫我去麥當勞再休息一下，他眞是個好人，連走後還傳來這麼一封鼓勵簡訊：「給同樣是射手的小妹妹，我相信你一定可以順利完成的！加油喔！回到台北給個訊息報平安！加油！」

謝謝一路上曾經祝福過我的每一個人，你們的鼓勵讓我堅持了這麼久。

我在麥當勞趴著休息到了九點多，不可思議的是，我附近也睡了三、四個學生，最酷的還是右圖這位人士，他的腰都不會酸耶，我之間醒來好幾次，他姿勢可都一點也沒換過！大家怎麼都一早就累壞了呢？

記得剛走出麥當勞時，一位阿伯在我

前面要上台階時跌了個跤，我趕快走過去扶他一把，他微笑的向我點點頭便離去，看來我今天有日行一善呢！

每次看到這種老伯伯或不方便的中年男子，都會有一股說不上來的辛酸。

我會想到，有一天我爸爸也許也會變成這樣，不知道經過他身邊的人會不會多幫助他。

給爸爸的信

親愛的男人：

常常，我牽著你的手，告訴你你多幸運可以擁有這麼一位可愛的女孩，記得有天晚上，我抱著你哭到了凌晨四點。

我說：「你能不能一直陪著我，陪著我一起走這段人生？」

你笑著回答：「我會盡力陪你多久是多久，我當然想陪著你呀！」

以前不懂事，很愛跟你頂嘴，半夜你把我叫起來吃飯，我還大罵你說明天要上課我又不餓，你總是靜靜的聽我嘶吼完，然後繼續叫我把清粥小菜吃掉，現在才明白，因爲當時你餓了，你怕我餓著，所以就算熟睡也要把我叫醒。有一年我偷偷存錢買了跳舞機，雖然你看到時唸了我幾下，但是看到我蹦蹦跳跳玩得很開心，你竟然也在旁邊手舞足蹈起來跳跳跳的，然後左腳勾右腳翻身不成還差點跌倒。這十八個年頭裡，我知道你一直都在我身旁守護著我，哪怕只是一通很簡短的電話，我都知道你還在。一年一年又一年，今年你要六十歲了，我知道你真的老了，其實每次去台中看到你，我都在你背後默默的擦去眼淚，你總是這麼的處女座，煮飯洗衣服打掃家裡又節儉，然後東翻西找向我訴說你最近又繳了什麼錢花了多少錢，晚上睡不著就起來剝荔枝切水果冰在冰箱，等著明天給我們吃，不然就是偶爾喊喊這裡疼那裡痛的，喊完繼續說自己要很健康才能陪著我們。

雖然我知道你很花心，這輩子換過很多女人，但只有我們這些孩子在你心裡，是你永遠都會愛著的；我也知道，或許這輩子我會遇見很多男人，但你終究會是我最愛的那一個，也會是一直真心愛我的那一個。所以，我好怕，好怕有一天你不在了，我總是樂觀的去看待很多事，讓自己很理性的去判斷很多事，偏偏每次想到你，我就會自己覺得好矛盾，人老總是會離去，但我真的好不想離開你。

有時候你說：「我老了，都不知道能活到什麼時候，能多打拚幾年就多賺一點錢給你們。」可是明明你都六十歲，是該退休的年紀了，我好難過我還這麼小，沒辦法讓你過快樂的日子，唯一能做的就是照顧好我自己，讓你看見我很乖。以前明明打工很累，或遇到不順的事，我都會哭著打給你跟你說：「我不要做了啦！」你也都還是會安慰我說：「太累就不要做沒關係，你乖乖唸書我養你。」雖然我知道你只是講講而已，這樣的負擔對你來說太重了，但是我還是會覺得很溫暖，因爲你明明聽不懂還是會等我哭著含糊不清的講完，然後再溫柔的叫我不要哭，明明是很天馬行空的說法，你也會講出來哄我。掛上電話，日子還是要過，再怎麼樣辛苦我也要走下去，我要的不是你對我的種種承諾，而是你永遠的關心與安慰，還有那些奇奇怪怪的哄我方式。

親愛的爸爸，我知道你一直都在，哪怕只是簡短的對話也都是一種關心。雖然我知道這要求很無理，但我希望你要堅持下去過著每一天，因爲，我們不能沒有你。

我爸爸很可愛，以前他都開車上下班，現在爲了省錢改坐公車，雖然他還不至於老到不行，但也到耳順之年了，害我總是擔心車上的人有沒有讓座給他、他習不習慣這種感覺，就像他以前擔心我那樣。

原來，就在成長之際，我門的角色已經互換。

最近我一直在想，當我去了澳洲後，這一年之間，我的家人我的朋友會發生什麼事，會有什麼轉變是我無法預測的？如果我因爲去了這一年，而失去了見他們之中的誰最後一面，我會不會後悔沒有待在台灣？會不會自責沒有在他們身邊？好多好多的抉擇突然跑出來。

但是最後讓自己平衡的答案卻仍是「這是人生必經的過程」。總不能永遠活在情緒之下，其他正事都不做，唯一

有趣的泰國街

【蔡慧蓉／攝影】

買了個小思樂冰好爲這個大熱天消暑，經過一條泰國街，通通都是泰國食物、泰國招牌，還有一些泰國人。離家愈來愈近，還眞是近鄉情更怯啊啊啊啊啊，可是車子多的地方好難攔車，結果帶我前往鶯歌老街的，是一台在檳榔攤前買檳榔的車……哈哈！

能做的，就是現在讓他們知道我有多愛他們，讓一些我想感謝的人知道我有多慶幸遇見他們，雖然很多話說出口好像很諂媚很肉麻，但是對我而言，就算是最後一次見面也沒有遺憾了。

珍惜每一個在身旁的人，因為你不知道老天爺什麼時候會要你們分開。

雖然肚子一點也不餓，可是來到鶯歌不吃一碗甕仔麵怎麼對得起自己！單價或許有點高，不過整體是還滿好吃的，只是邊滴汗邊吃真的麻煩了點。

要走時，剛好是一些學校的下課時間，好多學生在這邊逛，我請了一個小學生幫我跟「陶瓷之鎮」照一張。唉呀呀，怎麼愈看愈覺得自己胖呢？糟糕。不過沒關係啦！

健健康康最重要是吧！我可是健康陽光美少女！

往三峽的路上，明明車子很多，卻沒來由的一直不敢伸手攔車，連要過三鶯大橋都決定要自己用走的。還遇到兩個和我差不多年紀的高中生騎腳踏車也要到三峽去，和他們小聊一下，本來想叫他們載我一程，可是這個橋實在太窄，一個人用走的都已經很危險了何況雙載，於是我失望的任他們騎走，留下我一個人繼續在橋上龜速前進。

不過欣慰的是，在我快到橋下時，竟然發現他們兩個已經在旁邊等我很久了！好感動喔！

於是我坐著這趟旅程的第一台腳踏便車出發囉！

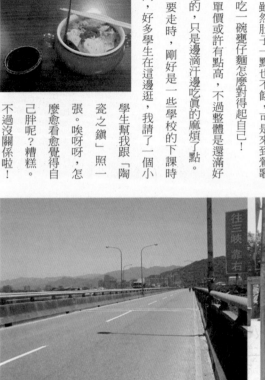

想想可以坐的車，我也幾乎全都坐過了呢！

公車、計程車、小轎車、休旅車、水肥車、連結車、腳踏車、火車、機車、軍車……

他們羨慕著我的勇氣、與我的毅力，但我想說些什麼卻又開不了口。

週遭的人或同學，遇到我後大部分都跟我說——

「你這也太屌了吧？」

「我好羨慕你喔！可以去做自己想做的事！」

「你這樣好危險喔！我爸媽都說太危險了！」

每一個人都有著不同的夢想，或許他們也都有很特別的夢，但卻被周圍的環境、傳統的觀念給限制住，「一個人最悲慘的事就是腦袋被扼殺」，舉個最簡單的例子：

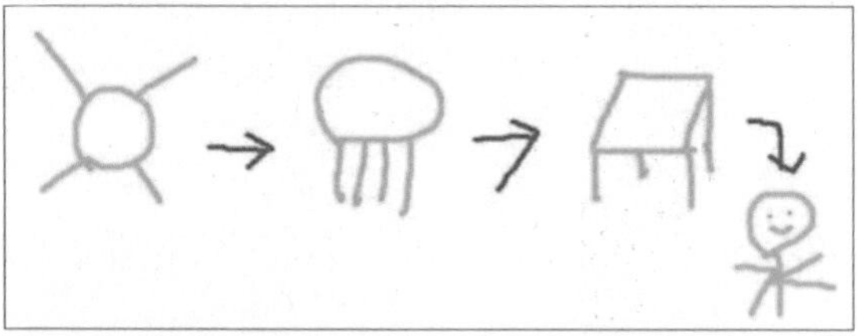

如果你要一個小孩子畫出一個桌子，通常他們會畫最左邊那種，因爲那是他們想像中的桌子；可是我們會習慣性很主觀的跟他說：「不對呀！桌子的腳都在下面耶！爲什麼你的桌腳會飛呢？」他們就會改成第二種的畫法，隨之又慢慢變成第三種畫法。最後，他們失去了想像力。

因為當他在發揮創意時，人們已經阻止了他，並要求他照著你的主觀走，就跟現在大部分的人，要「畫一個人」

炎熱的三峽老街

【蔡慧蓉／攝影】

中午的三峽老街幾乎沒什麼人，就算有也都躲在騎樓下不想跟太陽抗戰。

第一個反應就是畫木柴人的道理是一樣的。資本主義灌輸著我們，應該要順從這個社會教導你的事，但你知道其實大家都在教著你怎麼說謊，怎麼對自己說謊、怎麼對別人說謊，那為什麼還要傻傻的從信？只是因為懶得去想這你覺得複雜的問題？

親愛的，既然你知道問題出在哪裡，為什麼不去解決呢？

讓一般人覺得危險的並不是「搭便車環島」本身，而是「搭便車環島遇見的人」。就跟你在打工，得時時應對客人一樣，大部分的人都是好脾氣，但還是會遇見壞脾氣的人，然而遇到不好的人，他們給的難題與你當下怎麼反應，其實才是最重要的，「隨機應變」正是我這趟環島最重要的工具。

我查了查地圖，想從溪北繞道新店，問了好幾個人，每個人跟我回答的路都不一樣。這還真是出來旅行讓我迷失方向的一次，後來所幸有位阿姨直接載我到縣道110號，告訴我這條路一直走就會到達新店了，我才終於安了心。

往新店的路上，還遇見了台看似色老頭的車，小聊了幾句我就找個藉口下車了，連我下車後他還一直走在我後面，我假裝在講手機然後邊攔下一部車，想不到，就攔到了台水肥車！

我問他做這行怎麼受得了那味道，他說其實久了自然就習慣了，行行出狀元，他雖然沒有過人的學歷，不過卻也

做得開開心心。

最近經濟不景氣，我也不曉得到底不景氣了多久，我只知道對於貪心的人每天都是不景氣。網路上的人力銀行每天都有那麼多職位在徵人，是人們的要求變高還是失業率高？人總是不滿足於當下，只一味的想追求別人擁有的成功與財富。當你一直在羨慕別人時，其實是因爲你還不懂得活出自己、愛自己、相信自己。

職業不分貴賤，外面的世界給我們最大的錯誤觀念就是「學歷愈高薪水愈高」，或許在企業與公司制度下工作眞的是如此，但是還是有其他更多的職業不是這樣呀！就好比夜市攤販或一般小吃店，一個月獲利都比公務員多個好幾倍，只要你肯做，不可能沒有工作，除非你總是把自己侷限在小框框裡，沒有一種工作是不辛苦的，吃得苦中苦，才方爲人上人。

到了新店後，我坐上了一台一家人的車，台灣眞的很小，那位先生竟是我們學校美術老師的親戚，而我正是那位美術老師的小老師，這巧妙的關連無意間增加了許多我們的話題，可惜忘了幫他們拍張照，不然就介紹給大家認識認識！這眞是有緣千里來相會，無緣對面

不相識啊！

到了木柵後，我繼續往纜車的方向去，而他們就先回家了。

回到台北已經有心理準備應該攔不到什麼車，所以打算走到貓空。果然不出我所料，走了快一個小時身邊的車子總是經過看我一眼就又開走，直到我在路邊問路，有位先生才說直接載我過去，感覺就是位好爸爸！可是他說他出門前才和他兒子吵架……sorry啦！

到了貓空，本來我是想搭便車下山的，但遇見了個匈牙利人Zoltan，想說趁機可以練練英文就去跟他攀談幾句。

原來他也是一個人來這旅行！於是我就和他一起走下山，還加入了一對母子，只是我們四個都很天真，我和老外以為那對母子知道路程，那對母子也以為我和Zoltan知道路程，哪知道我們光走下山就花了兩三個小時，還真的累死了我的天啊！走下山真不是件輕鬆的事。

這個弟弟以後長大一定很棒，他超

貓空纜車

【蔡慧蓉／攝影】

貓纜開通這麼久了，我卻遲遲沒有坐過，難得旅行台灣，當然要試乘一下囉！從上面往下看的感覺真的很壯觀，有點悶熱倒是真的。不過真可惜，現在地基被掏空，貓纜已經停運好久囉，看來大家想跟我一樣享受，得再多等一些日子呢！

和我同車廂的是南一出版社的員工，他們出來員工旅遊。很好笑的是，有位先生從頭到尾都不敢睜開眼睛，他說他有懼高症，而且很堅持車上的人不能亂動，呵呵！真看不出來他已經為人老爸了還這麼膽小！

會講話也超有想法的！他真的很可愛，一路上都走在我旁邊，累的時候還要我抱，哈哈！我以後一定是個好媽媽！

以前的女孩子到了我現在這個年齡，都差不多結婚當父母了。但是在現代，這個年齡的我們，卻還都只想著要當個好小孩。其實我們應該要認清的是「已經長大」的事實啊！

好不容易快到山腳，母子決定要等公車留下我和Zoltan，由於兩個人都肚子太餓還一起跑去吃餛飩麵，我拉開我的衣服碎碎唸說變好黑，還一直重複畫著那條黑白界線，Zoltan看了一直笑，他說他們外國人很喜歡女生黑黑的，因爲很健康，哈哈哈哈哈！所以說不定我在外國人眼裡是個大正妹呢！

分開後，天色已漸漸暗了，還經過了我夢想學校——政治大學。如果我再認真個幾百倍，這所學校一定非我莫屬，可惜我唸書就是懶了點。

路上還遇見我的第一位粉絲。

她一看到我就超激動的，本以爲她是要來問我路的，結果她走過來用著有點不清楚的國語說：「台視台視！」我這才明瞭原來她看到了前幾天的新聞。於是我們都很開心的拿著手機拍了合照。

終於回到台北 這裡就是我的家

環島一圈

在十八歲之前，我終於完成了我的環島心願，雖然環島一圈並不算是什麼超級任務，可是，我成功的辦到了！

【記者蔡慧蓉／台北報導】該說台北是個很冷清的地方呢？還是說台北是個太多人的地方？因爲太繁榮的地方大家反而不敢載我。天都快黑了，眼看車子一部一部過去，卻沒有人肯停下來，唯一有停下來的就是公車，眞是傷透了我的腦筋，不然就是有好幾次駕駛說給我錢叫我坐公車或計程車，可是我的目的是要搭便車環島啊啊啊啊！

原來打算回到出發點做個Happy Ending這麼困難，就在最後掙扎之際，我坐上了公車、到了捷運站、然後上了捷運、最後到達是終點站也是起運點的淡水。

在淡水遇到了幾位街頭藝人，有一位是我之前就認識的朋友。他本來說要彈給我唱，讓我再多個特別的經驗，但是我好害羞怕被路人打，所以不敢答應！哈哈！

於是，我和來接我的好朋友猩猩小姐就這樣逛了一大圈淡水，還吃了一堆東西慶祝我平安歸來。

海報就這樣從冷清清的一張，到簽了滿滿滿的字與祝福，現在還擺在我電腦桌旁，等著有錢有閒的時候去把它護貝起來，以後拿給我小孩看，跟他說他老媽曾經在十七歲自己繞了台灣一圈。

相對於出發前的猶豫和緊張，現在已經大豐收的結束了旅程。值得高興的是我沒有浪費十七歲的日子，並且把計畫中的事全都完成了。這個「未成年」過得無怨無悔，許下的十八歲願望是要開開心心過一輩子！

現在的我剛過十八歲，我考到了汽車駕照、機車駕照、英檢中級差一點點、學校的實習商店完美無缺。還有還有，最重要的working holiday！九月我要去澳洲！

雖然要再休學一年，不過只要人生活得精采！我可以選擇自己要的人生，發生的，就一定不會後悔！

就算發生了什麼不好的事，也要把錯誤變成成功。因爲遇到問題就是要找出方法解決！

而且我相信，多了去澳洲一年之後，我又會是一個全新的蔡慧蓉。

有機會再和你們一起分享我到澳洲後的故事！我這麼搞怪，去澳洲一定也會發生很多轟轟烈烈的故事！說不定遇到個有緣人就嫁了！哈哈！

十八歲——我來了！

老天爺呀——我長大了！

各位——我回來了！

世界——等我吧！

簽名海報

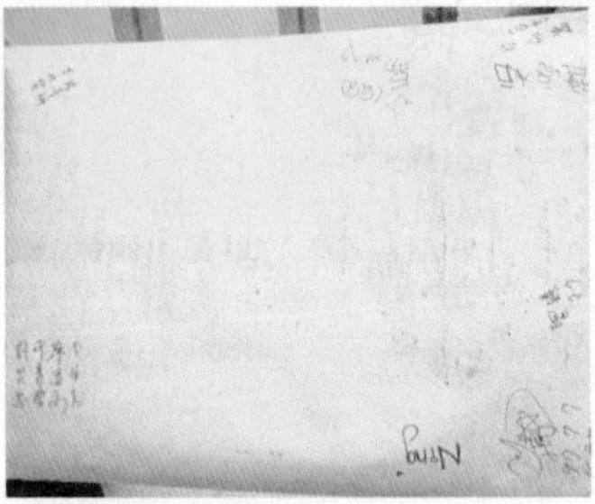

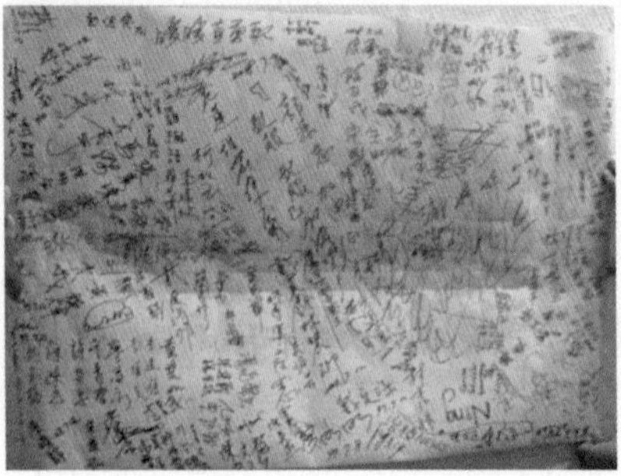

出發之前的海報還是空蕩蕩的，一趟充實的旅程下來，海報也被大家簽滿了。這是沿路大家的愛心，也是大家送給我的十八歲禮物。

相對論

人生其實眞的很短，
常常，我們以爲已經度過了某些時期，
也以爲世代已經改變，
但是日據時期離我們也還沒一百年，
當我們嚷嚷著說，「時代不同了時代不同了」，
但卻又沒眞的這麼不同。
想想你媽二十年前說不定就像某個讓你小鹿亂撞的美女路人甲，
那時候的她也才剛度過這年輕時期不久，
然後不久後，你也會像你媽那樣，
之後延續下去的就是你的孩子，
這也許才四十年、六十年，
多麼的短啊！
然而，既然這是「短」，
那你的人生又何嘗不是短呢？
所以，現在的你在幹嘛呢？

假設人生以一百歲來算，
你確定過了前面的20%你就是個成熟的大人了嗎？
可是，
有多少50%的人現在還像個孩子般做些不該做的事？
有多少60%、70%的人還沒找到他們生命的意義？
有時候人們常說「就像夢一場」，
這場夢難道不是現實的一部分嗎？
就像你說你和你的初戀就像一場邂逅、一場夢，
但這都曾經是事實不是嗎？
那你如何定義夢與現實之間的差別？
那你又如何定義大人與孩子的年齡分界點？

當你放棄一切，
用行動追循某個夢，
那就不只是個夢，
而是你在完成你的現實世界。
你在充實你的人生，
那已經從夢變成 the part of your life。

LOCUS

LOCUS

LOCUS

50058
225

LOCUS